TRANSIT

Rachel Cusk

ロンドンの片隅で、一人の作家が

レイチェル・カスク

榎本義子＝訳

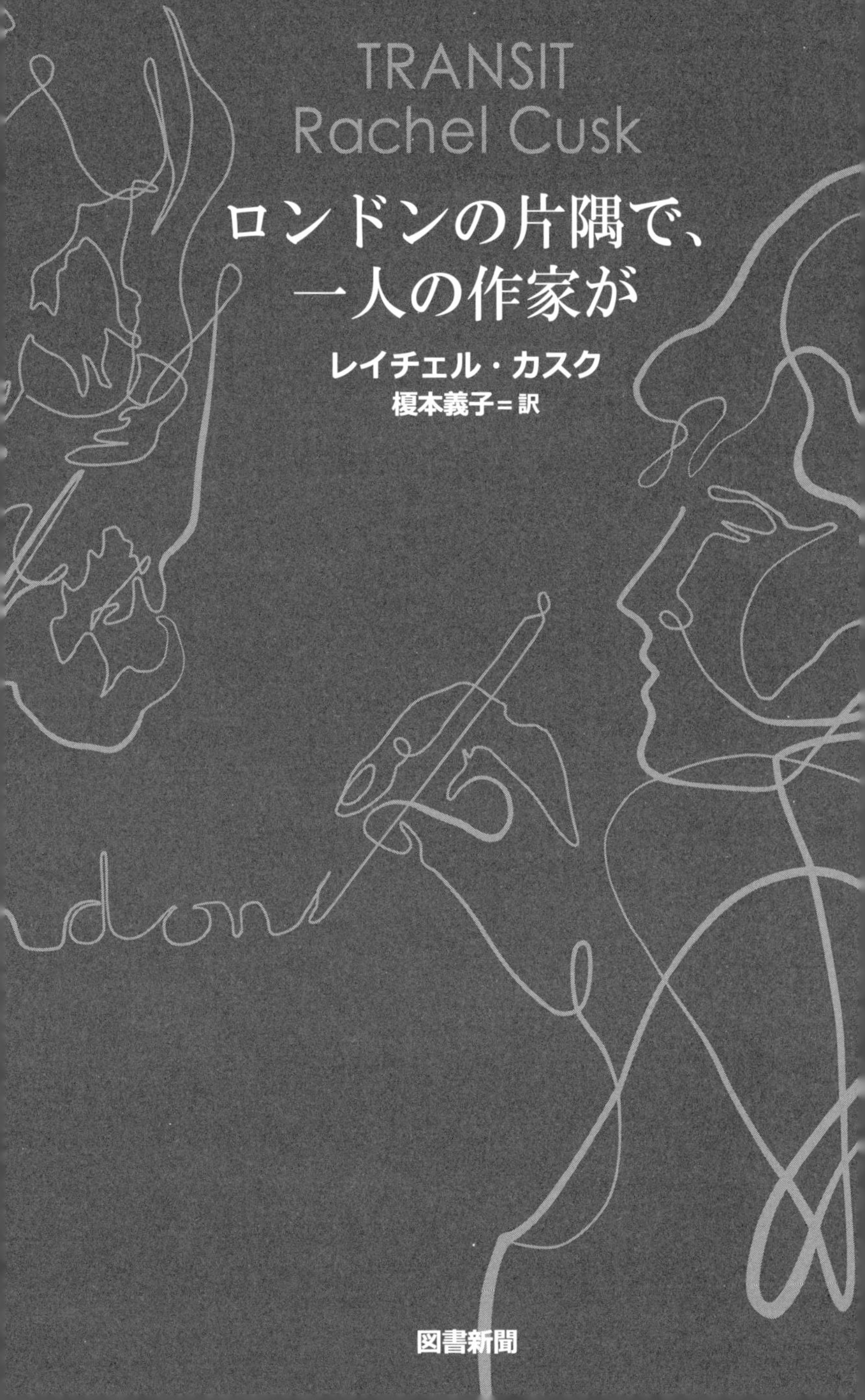

図書新聞

TRANSIT

Rachel Cusk

ロンドンの片隅で、一人の作家が

TRANSIT

by Rachel Cusk

ロンドンの片隅で、一人の作家が

【目　次】

I

ある占星術師が私にEメールしてきて、私のごく近い将来に起こる出来事に関して重要な知らせがある、と言った。私に見えないことが彼女には見えた。私の個人的な詳細を手に入れたので、彼女はその情報のための運星を調べることができた。彼女は私の空に間もなく主要な子午線通過が起こる見込みであることを私に知って欲しいと思った。それが表わす変化を考慮すると、この情報は彼女を非常に興奮させた。少額の料金で、彼女はそのことを私に話し、私に有利になるようにそれを変えることができるようにするだろう。

彼女は――Eメールは続いた――私が人生で迷い、時々現在の状況に意味を見出して、これから来ることに対して希望を感じようと努力していることを感知することができた。彼女は私たちの間に強い個人的なつながりを感じ、そして彼女はその感情を説明することはできないが、当然何かが説明を拒んでいることもわかっていた。多くの人々は頭上の空の意味に心を閉ざしていることがわかっているが、私はそのような人々の一人ではない、と彼女は強く信じていた。私は他の人々に具体的な説明を求めさせる現実に盲目的な信頼を抱いてはいなかった。私はある種の質問をし始めるほど十分に苦しんだが、それに対する答えをまだ受け取っていないことを彼女は知っていた。だが、運星の動きは人間の運命に対する限りない影響の範囲を表していた。人々の中には運星がそれほど重要であると信じられない人もいるが、それは多分愚かなことだろう。この科学と不信の時代に、私たち自身の重要性の感覚を失ってしまったことは悲しい事実である、と彼女は言った。私たちは自分たちにも他人にも残酷になってしまった。というのは、私たちは結局重要性を持たないと信じているからだった。運星が与えるものは、まさに人間の偉大さに対する信頼を取り戻すチャンスに他ならない、と彼女は言った。もし私たちのそれぞれが宇宙の重要性を信じたなら、どんなに多くの尊厳と敬意、どんなに多くの優しさと責任と尊敬が私たち相互の関係にもたらされるのではないだろうか？　すべての人々の中で、私は運命の概念が物事の個人的な側面にもたらす大変革は言うまでもなく、そこに世界の平和と繁栄の進歩の暗示を見ることができると、彼女は感じた。彼女は、このように私に接触し、非常に率直に話すことを許してほしいと願っていた。すでに述べたように、彼女は私たちの間に強いつながりを感じ、それが自分の心にあることを彼女に言わせたのだった。

このEメールを生じさせたコンピューターのアルゴリズムが、占星術師もまた生じさせたように私には思われた。彼女の語句は非常に特性があり、その特性の特徴は何度も繰り返された。彼女もまた明らかにそんな人間のタイプに基づいていた。その結果、彼女の同情と心遣いは少し不吉だった。だが、同じ理由で、またそれは偏っていないように思われた。離婚した結果憂鬱になった私の友達が、広告や食べ物の包装に書かれた言葉の、彼の健康や幸福への気遣いに涙が出るほど心を動かされたことや、電車やバスの自動放送の声が明らかに心配そうなので、自分の駅で降り損ねそうになったことを最近認めた。車を運転している間、妻がしたよりもっと熱心に彼を導く女性の声に、彼は実際愛に似たものを感じた。彼はコンピューターのアルゴリズムから多くの情報を得たが、それは現実の人々から得たものより価値があった。何故なら、そこにはより多くのものがあったからだった。人造人間が人間より重要で関係のあるものになり、仲間の人間からより機械からもっと優しさを得られるようになるかもしれない、と彼は言った。結局、機械化されたコンピューターのインターフェースは、一人の人間ではなく多くの人間の蒸留物であった。言い換えれば、多くの占星術師がこの一つの例が作られるために生きなければならなかった。彼にとっては、非個人的なコンピューターの発する情報は気持ちを落ち着かせた。何故なら、それは一人の人ではなく、コンピューターがデジタル方式で集めた知恵の集大成であったからだ。

また、多くの人々はそのことに腹を立てる、と彼は思った。だが、彼はそれを好んだ。それはあまりにも非個人的だったので、現実の人が意見を述べる時に起こるように、それは彼を傷つける力は持たないからだった。

もし私が限られた資金でロンドンに移ろうとしているなら、どこかの悪い通りの良い家よりも良い通りの悪い家を買う方がよいと忠告してくれたのは、この同じ友達――作家――だった。非常に幸運か非常に不運な者だけが純粋な運命を得る。あとの人々は選ばなければならない、と彼は言った。不動産屋は、それが賢明な教えだとしても、この賢明な教えに私が執着することに驚いた。彼の経験によれば、創造的な人々は場所よりも明るさと広さの利点を重要視する、と彼は言った。彼らは物事に可能性を求めがちであるが、ほとんどの人々は、自分の考えと一致した、すでに最大限まで実現されたものの安全性を、すでに手を入れられて快適に住めるような不動産を求めた。皮肉なことは、このような人々は独創的なものを恐れているのに、また独創性に取りつかれていることだ、と彼は言った。彼の客たちはある時代の特色のほんのわずかの兆候にも有頂天になった。まあ、中心から少し出れば、少しの費用でこうしたものをたくさん手に入れることができるだろう。掘り出し物が見込みのある地域で手に入るのに、何故人々は街のやたらに高い地域で買い続けるのかは自分にとっては謎だ、と彼は言った。その中心には彼らの想像力の欠如がある、と彼は思った。現在、市場は最高潮である、と彼は言った。この状況は、買い手をがっかりさせるどころか、実際、彼らを興奮させるように思われた。彼は毎日あからさまな大混乱の場面を目撃し、彼のオフィスには、まるで彼らの人生がそれに依存しているかのように、ほんのわずかなものに多過ぎるものを支払おうと、お互いに押しのけて進む人々が殺到した。彼は内覧会を行ったが、そこでは、争いが起こり、前例のない入札の戦いでは、優先的な扱いを求めて賄賂さえも提供された。冷静な日の光の中で見れば特に優れてはいない不動産のために、と彼は言った。特に際立っていることは、一度欲望の苦しみを味わったこうした人々の必死な態度だった。彼らは最新情報を求めて毎時間彼に電話をするか、何の理由もなくオフィスに立ち寄った。彼らは頼み、時には泣きさえした。彼らは一瞬怒り、次の瞬間後悔し、しばしば個人的な状況に関する長い告白で彼を楽しませた。もし彼らが、その瞬間が終わり購入が完了すると、きまって劇的状況を消し去り、自分自身の行動の記憶だけでなく、それを我慢した人々の記憶も捨ててしまわなかったら、彼は彼らを気の毒に思ったことだろう。ある週には、恐ろしく彼と親しくして、それから次の週には彼のことを見覚えている気配は少しもなく、通りで彼の傍を通り過ぎる客がいたことがあった。彼の目の前で深みに沈んでしまった夫婦が、今は忘れてしまったように近所で自分のすべきことをしていた。彼らが完全に忘れてしまったことにのみ、彼は時々わずかの恥を感じた。仕事をしている最初の頃は、彼はこのような出来事に心を乱されたが、幸運にも経験がひどく気にしないように教えた。彼らにとっては、彼は彼らの欲望の赤い霧の中から呼び出された人物、言わば、譲渡に必要なものであることがわかった。時々、人々は手に入れることができるかどうかわからないものだけを望む、と彼は思った。別の時には、もっと複雑なように思われた。しばしば、彼の客たちは自分の欲望がくじかれたことに安堵の感情を認めるのだった。不動産が手に入らないので、欲求不満の子供のように、激怒したり、泣いたりした同じ人々が、数日後に彼のオフィスに穏やかに座り、彼らがそれを手に入れなかったことに感謝を表すのだった。今、彼らはそれはまったく誤ったものであることがわかったのだった。彼らは彼の帳簿に他にどんなものがあるか知りたがった。ほとんどの人々にとって、家を見つけて手に入れることとは、強烈に活気のある状態である、と彼は言った。活気はある種の盲目を、固執の盲目を伴った。彼らの意志が使い尽くされた時にだけ、人々の多数は天命に気づくのだった。

　この会話が行われている間、私たちは彼のオフィスに座っていた。外では、車が灰色の汚れたロンドンの通りをのろのろと動いていた。彼が話した熱狂は私を競争に駆り立てるよりも、家探しに抱いた熱意を失わせ、直ぐに立ち去りたくさせた、と私は言った。その上、私には入札の戦いに参加するお金もなかった。それ故、彼が話した市場の状況では、私は何処にも住むところを見つけられそうもなかった。でも同時に、創造的な人々と彼が呼んだ人々は、彼が優れた価値と言ったものによって主流から外されるという考えに、私は反対だった。彼は「想像力」という言葉を使った、と私は思った。このような人にとって最悪なことは、自己防衛のために中心部をやめ、外の世界が変わらないままの審美的な現実に逃避することであった。たとえお金の余裕がなくても、私は他の人みんなが望むものを、良い場所の良い不動産を望んだ。

不動産屋はこうした言葉に幾分面食らったように見えた。私は主流から外されるべきだと暗に言うつもりはなかった、と彼は言った。彼はただ過熱していない地域での方が、私のお金に対してより多くのものを得られ、そして、もっと容易く得られると思ったに過ぎなかった。だが、私が一団と一緒に走ろうと決めているなら、まあ、彼には私に見せられるものがあった。彼は目の前に詳細を持っていた。それはその朝、前の競売が失敗に終わり、市場から戻って来たばかりだった。それは地方自治体が所有している不動産だった。彼らは別の買い手を直ぐに見つけたがっていたので、値段がその事実を反映していた。おわかりのように、それはかなりひどい状態にあり——事実上住むことができない、と彼は言った。ほとんどの客は、不動産を強く求めていても、それに手を付けることはしなかっただろう。「想像」という言葉を使うことを許してもらえるなら、それは確かにとても望ましい場所にあったが、ほとんどの人々の想像を超えていた。だが、私の状況を考えても、彼はそれを私に勧めることはできなかった。それは開発業者か建築業者、個人的感情を持たないで見ることができる人の仕事だった。問題は、そのような人が興味を持つには、利益があまりにも少な過ぎることだった。彼は初めて私の目を見た。明らかに、それは子供たちが住むことを期待できるようなところではない、と彼は言った。

数週間後、取引が終わった時、私はたまたま通りで不動産屋の傍を通った。彼は書類の束を胸に抱え、一組の鍵を指の中で鳴らして、一人で歩いていた。私は彼が前に言ったことを思い出して、注意深く彼を見たが、彼はただぼんやりと私をちらりと見て、また目をそらせた。それは初夏のことで、今は秋の初めだった。その出来事を思い出させたのは残酷さについての占星術師の言葉だったが、その時、それは自分自身について何を信じたいと願っても、私たちは他の人々が私たちをどのように扱うかの結果に過ぎないことを証明したように思われた。占星術師のEメールの中で彼女が私のためにしてくれた運星の読みにはつながりがあった。私はお金を払い、書かれていることを読んだ。

Ⅱ

ジェラルドだと直ぐにわかった。彼は太陽の下を自転車に乗って車の間を走り、顔を上げて、私に気がつかず通り過ぎた。彼は有頂天になっているような表情を浮かべ、それは彼の人格の劇的要素を、十五年前、私たちの最上階のフラットの窓の敷居に裸で座り、闇の中に足をぶらぶらさせて、私が自分を愛していることを信じない、と彼が言っていたことを思い出させた。目につく唯一の違いは、彼の髪で、野性的な黒いカールした、目立つふさふさしたたてがみのような毛に伸ばしていた。

私は数日後また彼に会った。朝早い時間で、今度は通りで自転車の傍に立ち、学校の制服を着た小さい少女の手を握っていた。私はかつてジェラルドが所有しているフラットで数か月一緒に暮らしたが、私の知る限り、彼はまだそこにいた。その期間の終わりに、私はあまり形式ばらず、また説明もしないで、誰か他の人のために彼のもとを去り、ロンドンから引っ越した。数年後、時々彼は田舎の私たちの家を訪れたが、彼の声は非常に微かで、遠くから聞こえたので、まるで彼はどこか実際追放の地から呼んでいるようだった。それからある日、数ページの長い手書きの手紙を送ってきて、その中で、彼は何故私の行為が理解し難く、道徳的に誤っているかを私に説明しようとしているようだった。それは長男が生まれた後のひどく疲れている時に届いた。私はそれを最後まで読むことができず、返事を書かずに、私の罪のリストに加えた。

私たちはお互いに挨拶をし、私は彼に気づかれずすでに一度彼を見ているので、私の方では偽りである驚きを表した後で、ジェラルドは小さい少女を自分の娘だと紹介した。私が彼女の名前を尋ねると、「クララ」と彼女はしっかりした、高い、震えるような声で言った。

もし私も関与しているなら、親であるという味気ない事実が和らげられるかのように、ジェラルドは私の子供は今何歳か、と尋ねた。彼は私がどこかでインタビューされたのを見た、と言った——正直に言うと、それは多分数年前のことで——サセックスの沿岸の私の家の描写は、彼を羨ましくさせた。サウス・ダウンズはこの国の彼のお気に入りの場所の一つであった。ここロンドンの街に私が戻って来たのには、驚いた、と彼は言った。

「クララと僕はサウス・ダウンズ街道をかつて歩いた」と彼は言った。「そうじゃないかい、クララ？」

「ええ」と彼女は言った。

「僕はロンドンを離れるなら、そこが僕たちの行くところだ、とよく思った」とジェラルドは言った。「ダイアンはそこのことが書かれてさえいれば、僕に不動産屋の広告を読ませるんだ」

「ダイアンは私のお母さんよ」とクララは威厳を持って説明した。

私たちが立っているは、その地域の社会的体面の保証となるような立派なビクトリア朝風の家が並んだ木立のある広い並木道だった。家のよく刈り込まれた生け垣や大きな磨かれた正面の窓は、そこを通ると、安心と完全な疎外の根拠のない感覚を私にいつも感じさせた。私がジェラルドと一緒に住んでいたフラットは近くで、その地域はさらに東の荒廃した、車でいっぱいの区へと変化し始めていたので、最初の微かな下降の音調が聞かれる通りにあった。家々はまだ立派だったが、時々不完全だった。生け垣は少しまとまりがなかった。そのフラットは、大きなエドワード朝風の屋敷の上階の部屋で、大きな窓からは、上の快適な地域からずっと向こうの荒廃した地域への転落を見渡せたが、その頃のジェラルドはこの状況の傍観者か、もっと良い地域へ移るためのお金も縁者もなかったので、そこに閉じ込められているように思われた。背後には、よく手入れされた芝生と高い木々と他の立派な家が半ば控えめにちらりと見えるパラディオ式の光景が東方に広がっていた。正面からは、建物は高台に立っていたので、フラットからはまったく遮断されない眺めの荒涼とした都会の荒廃の光景が広がっているのが見えた。ジェラルドは一度遠くの長い低い建物を指さして、それは女性用の刑務所だ、と私に言った。その眺めは非常にはっきりしていたので、夜、囚人たちが独房に沿った通路で煙草を吸う時、彼女たちの煙草の先である小さいオレンジ色の点が見られた。

私たちの傍の高い塀の背後から聞こえてくる運動場の騒音がさらに大きくなった。ジェラルドは片手をクララの肩に置いて、かがみ、低い声で彼女の耳にささやいた。彼は明らかに何にか叱責をしていて、私は自分がまた彼の手紙とそこに書かれた私の欠点の一覧を思い出しているのに気づいた。彼女は小さいひ弱なそう可愛い子だったが、彼が話している間、彼女の小妖精のような顔は殉教者のような表情を浮かべていて、それは彼女が父親のメロドラマ的な要素を幾分受け継いでいることを示していた。彼が叱っている間、彼女は興味を持って耳を傾け、彼女の聡明な茶色い目は、瞬きもせずに広がった道をじっと見ていた。彼の最後の質問に応えてほんの微かに頷き、彼女は向きを変えて、他の子供たちの中を歩き、門を通って遠ざかって行った。

私はジェラルドに彼女はいくつかと尋ねた。

「八歳だよ」と彼は言った。「そのうち十八になる」

私はジェラルドが子供を持っていることを知って驚いた。私が彼を知っていた頃、彼は自分自身の子供時代の難しいことを解決するには程遠かったので、今、彼が父親であるということが信じ難かった。彼は他のあらゆる点で変わっていないように見えたので、奇妙さが際立った。柔らかい長いまつ毛の少し子供のような目をした彼の黄ばんだ肌の顔は、年を取っていなかった。かつていつもそうであったように、左側のズボンの脚は自転車乗り用クリップでまだ押さえられていた。彼の背中にひもで固定されたヴァイオリンのケースは、かつては彼の外見のずっと変わらない特徴だったので、それはそこでまだ何をしているのか、私は尋ねようとは思わなかった。クララが視界から消えてしまうと、ジェラルドは言った。

「君がここに戻って来ると、誰かが僕に言った。僕は信じるべきかどうかわからなかったよ」

彼はどこかに家を買ったのか、どの通りに住んでいるのか私に尋ね、そして彼が活発に縦に頭を振っている間、私は彼に話した。

「僕は引っ越しさえしていない」と彼は言った。「君はいつもあらゆることを変えて、僕は何も変えなかったが、僕たち二人とも最後には同じ場所にいることは不思議だ」

数年前、と彼は続けた。彼は少しの間カナダに行ったが、それ以外は、物事はいつもそうであったとほとんど同じままであった。離れることは、知っているものから離れて、どこか違うところに身を置くのは、どのように感じるだろうかとよく思ったものだ、と彼は言った。私が去った後しばらくの間、彼は毎朝家を出て仕事に行き、門の傍に立っているマグノリアの木を眺め、私がその木をもう見ないと思うと、奇妙な感じが彼を圧倒するのだった。私たちが一緒に買った絵があった——それはまだ全く同じ場所に、裏庭を見渡す大きな窓の間に掛かっていた——そして、彼は座ってそれを見て、私がそれをそこに残していったことにどうして耐えられるのだろうか、と思った。最初、彼はそうしたものを、——マグノリアの木や絵や私が持って行かなかった他のものを——見捨てられた犠牲者だと思ったが、時が経つと、その考えは変わった。そうしたものを、私が残してきたものをまた見るのは私を傷つけるだろうと気づいた時期があった。それから後になって、今では私はそれらをまた見るのを喜ぶかもしれないと、彼は感じ始めた。ところで、彼はそれをすべてそのままにしてあり、そしてマグノリアの木は——他の住民の間で切り倒そうという話があったが——まだそこにあった。

親や制服を着た子供たちの大きくなった集団が門の周りに集まってきて、騒音より大きな声で話すのは難しくなってきた。ジェラルドは軽くハンドルで支えている自転車を邪魔にならないように動かそうとしていた。他の親はほとんどが女性だった。綱でつないだ犬を連れた女性や、乳母車を押している女性や、書類鞄を持ってこぎれいな服装をした女性や、子供たちのかばんや弁当箱や楽器を持ち運ぶ女性がいた。もっと多くの子供たちが運動場をいっぱいにしたので、女性たちの声は塀の背後の大きくなる騒音に押しつぶされた。ほとんどヒステリーに近い止めがたいクレシェンドの感覚があったが、学校のベルが鳴ると、それは不意に止まった。時々、女性の一人がジェラルドに大声で挨拶し、いつも不信のカムフラージュである社交的な熱心さで彼が応えるのを、私は眺めていた。

彼は自転車を混乱した状態から道へと移し、そこでは、最初の赤褐色の木の葉が、駐車した車の周りに落ち始めていた。それは暖かく、どんよりとした、風のない朝だった。私たちが丁度見た騒々しい場面とは対照的に、ここでは、世界は突然非常に静かに静止したように感じられたので、まるで時が止まったかのようだった。クララを今では何年も連れて来ているのに、ジェラルドはまだ校門のところでは落ち着かないことを認めた。しかしダイアンは長時間働き、その上、彼女は学校の文化活動を彼よりも受け入れ難かった。男性であることが、少なくともある程度の隠れ蓑を彼に提供してくれた。クララが小さかった頃、保育園の巡回をしたり、朝のコーヒー・パーティーに参加したのは彼だった。彼は親であることではなく、他の人々について多くのことを学んだ。彼は自分が特に男性的だと思ったことはなかったが、乳児のグループでは、女性たちは彼に対して反感を持っていることに気づき、驚いた。彼にはいつも親しい女友達がいた。十代の頃ずっと彼の一番の友達はミランダだった――私は多分彼女のことを覚えているだろう――そして彼ら二人はある時はお互いを交換できるように思われ、しばしばベッドを共にしたり、お互いの前できまり悪がらずに服を脱いだりした。だが、母親の世界では、彼の男らしさは突然不名誉になった。まるで彼はいてもいなくても何も勝ち取れないかのように、他の人々はかわるがわる憤るか軽蔑して彼を見ているように思われた。初期の頃、クララの面倒を見ながら、彼はしばしば孤独で、度々子供を持つことが与えた彼自身のしつけ方の新しい見方に圧倒された。ダイアンはフルタイムの仕事に戻り、彼女が母親であることに感傷的でなく、母親的な活動を嫌がることに彼は時々驚いたが、この知識――養育とその結果の――は彼女自身が必要とするものではないということを徐々に理解するようになった。彼女は女性であることについて必要とするに十分なほどよく知っていた。知り、学ばなければならないのは彼の方だった。彼はどのように誰か他の人を気遣い、どのように責任感を持ち、どのように関係を築いて維持するかを知る必要があり、彼女は彼にそれをさせた。彼女はほとんどの女性ができないほど完全にクララを彼に与え、それは難しいことだったが、彼は最後まで頑張った。

「今、僕は彼女たちのお気に入りの主夫だよ」と犬を連れたり乳母車を押して、今は散らばって行く女性たちに向かって頷きながら、彼は言った。

私たちはゆっくりと学校を離れ、地下鉄の駅に向かう緩やかな傾斜を上って行った。この方向の選択には何か無意識的なものがあった。私は地下鉄に乗るつもりはなかったし、ジェラルドも自転車を持っていたので明らかにそのつもりはなかったが、何年も経た私たちの出会いの複雑さが、私たちが自分たちの立場を確信するまで、私たちは中立的な領域にいて、公共の目印に導かれるべきだという暗黙の合意を作り出したかのようだった。私は都会の生活の匿名性がどんなに気持ちを和らげるか忘れていた、と言った。ここでは人々は絶えず自分のことを説明する必要はなかった。都会に住む人々は、大勢である様式で生活し、みんなが効果的に行動し、気持ちを伝えあう方法を知っていて、自分の行動を説明する必要はなかった。私が前に住んでいたところ、田舎では、それぞれの個人がユニークで、混ざり合いその一部となる集団はなかった。個人的な推測は有効ではなかった。つまり、人々が私を理解するのが難しいように、私は彼らを理解するのが都会より難しかった。それで、自分のことを説明する過程で、多くのことが失われるか誤った、と私は言った。

「君がロンドンを離れたのはどのくらい前だった？」とジェラルドは言った。「確か――どれほど――十五年？」

彼の曖昧さにはどこか見せかけのところがあった。彼は――多分意図していることの反対の――知らないふりをしている事実をよく知っているという印象を与え、そして私は彼を扱ったやり方に対して恥ずかしい罪の苦しみを感じた。あの時以来、彼はどんなに少ししか変わっていないかに、私はまた心打たれたが、ただ彼はどういう訳か満たされているように見えた。あの頃、彼は概略であり、アウトラインであった。私は追加できるものがどこから来るかわからずに、現実の彼以上のものを彼に求めた。だが、画家が下絵を完成させるように、時が彼に運命を与えた。彼は野性的な髪をしばしば指でかき上げた。彼はとても健康的に見え、日焼けして、若い時好んだような、ゆったりとした赤と青の格子縞のシャツを着て、前はかなり開き、茶色いのどを見せていた。色は年月と洗濯で非常にぼやけ、白亜色になっていたので、実際これは以前あの頃ずっと彼が着ていたのと同じシャツでないか、と私は思った。無駄と過剰が本当に心を乱すほど、彼はいつもつつましかったが、そのことでまた他人を無意識に判断した。だが、彼が罵る無意味な浪費と破壊のまさにその行為に、空想で耽っていることを彼が認めたのを私は覚えていた。

私のいない間にここではほんの少ししか変わっていないように思われる、と私は言った。私は隣人たちが朝仕事に行くために完璧な服装をして正面の扉から出て来ると、まるで何か楽しいことを思い出したように、微かに微笑みながら、自分たちの周りを見るために立ち止まるのに気づいていた、と私は続けた。ジェラルドは笑った。

周りには自己満足がたくさんあるので、自己満足しないことは難しい、と彼は言った。

離れることの一つの利点は、変わるのを容易くしてくれることだということが、今、彼はわかった。それはまさに自分がいつも恐れていたことだった、と彼は思った。何処か違うところに行って、その過程で彼は自分自身を失うことに気づいたのだった。ダイアンはカナダ人で、自分が育ったところとは違う大陸に住むことは、まったく彼女を悩ませないようだ、と彼は続けた。逆に、麻痺させるような幾つかの感情的な問題を——中でも一番彼女の母親の問題を——単に世界の反対側に行くことによって、扱う手間が省けた、と彼女は思っていた。だが、ロンドンに住むこととそれが彼に与えた運命には容赦のなさがあった。ほとんどの人々は彼らの生まれによって同じように煩わされないことを彼は理解するようになった。彼はトロントでダイアンと暮らして二年間を過ごし、そしてそこで解放された——正直に言えば、押しつぶされるように感じるものから自由になった——それでも、彼の罪悪感はもっと強力だった。そしてクララが生まれると、ジレンマはさらにひどくなった。クララは彼自身のものに似た子供時代を送るべきだ、と彼は考え、彼女がそうはせず、ジェラルドにとっては現実を構成するあらゆるものを知らずに彼女が全人生を送るかもしれないということは想像できなかった。

他の人々がホームシックと呼ぶようなものを、ともかく実際は単に彼自身がよく知っている世界がないことを表現するのに何故「罪悪」という言葉を使ったのか、と私は尋ねた。「全人生が選択に基づいている「選ぶのは間違ったことに感じられた」とジェラルドは言った。ているのは誤っていると感じられたのだ」

彼はダイアンに映画の行列で偶然に会った。彼はそこの大学の映画学科によって提供された六か月の研究奨学金でトロントに行った。彼は与えられないだろうと確信してそれに応募したが、突然彼はそこにいた。家から遠く離れた零下二十度のところで、慰めとなる古いお気に入りの『生ける屍の夜』を見るために並んでいた。ダイアンもホラー映画のファンであることはよく知られていた。彼女はカナダ放送協会で長時間の勤務を要する仕事についていた。彼らは数週間時々会っていたが、その時、ダイアンが彼女の犬を――トリクシーという名前の大きな元気のよいプードルを――散歩させるために雇っていた人が街を去った。犬はすでにダイアンにとって心配の種だった。その頃、彼女は特にストレスの多い仕事の企画にかかわっていて、朝早く家を出て、夜遅く帰って来て、トリクシーが犬を散歩させる人と過ごす時間はともかくほとんど十分ではなかった。ダイアンは熱烈な犬好きで、トリクシーの状況の残酷さを非常に深刻に考えていた。そしてこの危機が起こったので、彼女は犬に新しい飼い主を見つけなければならなかったが、「それはダイアンの場合、子供の新しい親を見つけるようなものだったのだよ」とジェラルドは言った。

ジェラルドはダイアンについてそれほどよく知らなかったし――そして犬についてはまったく何も知らなかったが、彼女を助けようと申し出た。彼は大学で夕方のクラスを教えていたが、日中は彼の時間は多かれ少なかれ彼自身のものだった。彼は学期の終わりにロンドンに帰る予定だったが、その頃は毎日、喜んでダイアンのアパートに行き、トリクシーの綱ひもを首輪に留めて、飛び跳ね、身もだえする犬を公園に連れて行った。

最初、犬は彼を不安にさせた――彼女は非常に大きくて頑固で吠えなかった――だが間もなく、彼は散歩を楽しみ始め、それは前に見たことのないトロントの地域に彼を連れて行き、それはまた彼の日常生活から選択の要素を取り除くという利点もあったが、彼は時々、外国の街を大きな犬と一緒に歩く自分を見て、一体全体彼はどうしてそこにいるのだろうかと思った。一週間かそこらで、彼はトリクシーとの日課に慣れたように思われたか、あるいは少なくとも彼がアパートに入り、彼女が立ち上がって吠える時、彼女に対して前よりも驚かなくなった。彼女は喜んで彼と一緒に歩いた。彼女は頭を真っすぐにして、彼のそばを誇らしげに早足で歩き、静かな動物が隣を早足で歩いているので、彼もまた少し誇らしげな身のこなしで歩いているのに気づいた。彼とダイアンはほとんど会わなかったが、彼はトリクシーとの親しさが増していくのを感じ、ある日、彼女をつないでおくのは本当に必要がない、と思った――実際それは少し彼女にとって屈辱的だった――何故なら、彼女は彼の踵のそばを非常に規律正しく、自制して歩いたからだった。ためらって考えることなく、彼はかがんで綱ひもの留め金を外すと、即座にトレクシーは行ってしまった。彼はリッチモンド・アベニューの車の多い交差点に立っていた。彼は車の間を住宅地区へと茶色い矢のように疾走する彼女をちらりと見たが、それから彼女は完全に消えてしまった。

トロントの通りがあらゆる方向に延びている大きな灰色の裂け目のある歩道に立ち、綱ひもを手からぶらりと垂らして、彼は自分が初めてくつろいだのを感じるのは奇妙だった。無意識に取り返しのつかない変化を起こしてしまった、彼の失敗は新しい基盤を壊す力であったという感覚は、彼が最も深く最もよく知っているものであることに彼はそこに立って気づいた。失敗することで、彼は喪失を創り出し、喪失は自由への出発点であった。きまり悪い心地の良くない出発点であったが、彼が渡ることができる唯一のものであった。そこに彼をもたらした出来事の結果によって、彼は押し進められたからだった。彼はダイアンのアパートに戻り、手にまだ綱ひもを持って、部屋が暗くなる間、彼女が帰宅するまで待っていた。彼女は直ぐに何が起こったかわかり、奇妙かもしれないが、彼らの関係はその時点で始まった、とジェラルドは言った。彼は彼女の最も愛するものをダメにしてしまい、彼女の方では彼が成し遂げることができない仕事を与えたために彼を失敗にさらしたのだった。そうするつもりもなく、彼らはお互いの最も深い傷つきやすさを見つけたのだった。彼らは不愉快な近道によって、それぞれにとって普通は関係が終わるところに到達し、そこから出発したのだった。

「その話は僕よりもダイアンのほうがうまく話せるよ」とジェラルドは微笑みながら付け加えた。

今は、私たちは住宅街の通りの密集をぬけて地下鉄の駅の近道になっている小さい公園に入っていた。そこは朝のその時間には閑散としていた。就学前の年齢の子供たちを連れた数人の女性が柵で囲った遊び場に立って、子供たちが器具をよじ登るのを見ているか、自分の携帯電話を見ていた。

彼らはもう十八か月トロントに留まり、その間にクララが生まれた、とジェラルドは続けた。彼らはトロントでは小さいアパートさえ買う余裕がなかったが、ロンドンでは、ジェラルドがずっと前にほどほどのお金で買って、まだ所有しているようなフラットが何千万ポンドで売れていた。その上、クララは親戚が必要だった。まったく無傷の子供を育てるのは悪い趣味だというのがダイアンの意見だった。

「ダイアンの家族はあまりうまく機能していない」と彼は言った。「比較して、僕の家族は基本的な人間性を信じ、その免疫機構が、子供が生活によって傷つけられないように保護している」

彼らはクララが生後三か月の時にロンドンに引っ越した。彼女は自分が生まれた活気のない乾燥した街の記憶がないだろうし、ジェラルドが胸に下げた袋に彼女を入れて、吹きさらしの岸辺を歩いた大きな陰鬱な湖の記憶も、ジェラルドとダイアンが次々とやって来る画家や音楽家や作家の集団と一緒に暮らしていた市外電車の傍の古風で面白い羽目板の家の記憶もないだろう。その家はかつては店で、大きなガラスの正面はそのままだった。それは居間の空間を占めていたので、生活する居住者が外から見えた。ジェラルドは家に帰り――特に明かりがともり、店の正面が照明がほどこされた舞台になる夕方に――彼がそこに見る人間の活人画、愛や議論の、孤独や勤勉や友情の、時には倦怠と分裂の場面に何度も心打たれた。彼はすべての俳優を知っていて――中に入ると直ぐに彼もその一人になるのだった――だがしばしば、彼は外にいて眺め、魅惑された。ある意味で、それはすべて芸術的なポーズに過ぎなかったが、彼にとっては、トロントとそこでの彼の生活の何かを、何か重要な特色を要約していたけれど、それを正しく掴むことはできなかったが、それを表現しようとする時に心に浮かぶ言葉は「無邪気」であった。

「ロンドンで僕の知っている人の中でそんな風に暮らすのは」と彼は言った。「可能だとは思わない。皮肉があり過ぎる。ここでは気取り屋にはなれない――すべてがすでにそれ自体の模倣なのだ」

それでも、彼とダイアンは戻って来て、そして知っているという雰囲気が時には息苦しくても――「パブでさえ皮肉だ」と、私たちがかつては醜い建物だったが、今はそれ自身の現存しない歴史をほのめかすように改装されたところに近づいた時、彼は言った――継続性の力は有利な風の働きをした。彼らの生活は素晴らしく安定した生活で、彼ら二人ができることを考えれば、かなり驚くべきことだ、と彼は言った。表面的には、彼にとっては少なくともその生活の事実は、私が彼を知っていた頃から変わっていなかった。彼は同じフラットに住み、同じ友達と付き合い、彼がいつもしていたように、同じ日に同じ場所に行った。彼はまだ同じ服の多くを着さえしていた。違いはダイアンとクララが彼と一緒にいることだった。彼女たちが一種の聴衆を構成した。彼はそうでなければその生活を続けていかれるかどうかわからなかった。ますます彼はトロントで過ごした時を、この継続性を作り、ここでの彼の存在を永遠に可能にした外国旅行であると思った、と彼は続けた。安定が冒険の産物であるかもしれないと見なされることは興味深い考えであった。多分人々が物事を同じままにしておこうとする時、衰退の過程が始まるのだろう。

「ある意味で、僕たちはまだ店の正面に住んでいるようなものだ」と彼は言った。「それは建物だが、また現実的だ」

　私が子供たちと一緒にロンドンに夏に戻ってきた時、すべてが非常に馴染みの薄いものだったので、上の息子は劇で役を演じているように感じると言った。他の人々が自分たちに台詞を言い、彼は自分の台詞を言い、起こることすべてが、そして、彼が行くところ何処でも、どういう訳か舞台の上に繰り広げられる、台本による出来事のように非現実的に感じられた。子供たちは違った学校で始めなければならず、そこでは、もっと独立することを求められた。前の生活では、彼らはあらゆることで私を頼っていたが、ここでは、ほとんど直ぐに二人とも前よりも怠惰でなくなり、私が知らないやり方で心の準備をし始めた。私たちは前の生活についてほとんど話さなかったので、それもまた非現実的なようになり始めた。私たちが最初にここに来た時、観光客のように周りを見回しながら、時々夕方この土地の通りを歩き回った、と私はジェラルドに言った。最初、息子たちは歩いている間、私の手をこっそりと握ったが、やがてやめて、代わりに手をポケットに入れていた。しばらくして、子供たちが宿題がたくさんあり過ぎると言ったので、夕方の散歩は終わった。彼らは夕飯を急いで食べると、自分たちの部屋に戻った。朝には早く灰色の夜明けに、子供たちは学校のリュックサックを背中で上下に揺すりながら、ごみの散らかった歩道を大股で歩いて行った。私の知っている人々は、こうした変化を支持し、それは明らかに必要な事柄だと思っていた。元気になった私を見るのは良いことだと非常によく言われたので、私は同情の対象以上のものを表しているのではないか、実際私は私を知っている人々にとって何か特別の不安か恐怖、思い出させて欲しくはない何かを具体的に表すようになったのではないか、と思い始めた。

「僕は君にとってすべてが完璧に上手くいっていたと思っていたよ」とジェラルドはゆっくりと言った。「君は完璧な生活を送っていると思っていた。君が僕のもとを去った時」と彼は言った。「僕を悲しませたのは、容易く僕に愛を与えてくれることができるのに、君は誰か他の人に愛を与えたということだった。でも、君にとっては誰を愛するかが重要だったのだ」

それから私は昔のジェラルドの道理をわきまえない態度や子供っぽさ、気まぐれ、時折の自己顕示癖を思い出した。ほとんどの結婚は、物語で言われているのと同じように、不信感を持たないことによって上手くいくように思われる、と私は言った。言い換えれば、結婚を持続するのは完璧さではなくて、ある種の現実を避けることであった。あのような出来事が起こった時、ジェラルドは一つのこうした現実を作っていたことに気づいていた、と私は言った。そして、私はこうした現実を、彼の持つ問題を扱うのをやめなかった。そうでなければ、話は組み立てられなかった。だが今、あの時のことを考えると、捨てられた要素――その話の役に立って否定するか故意に忘れられたすべてのもの――はますます目立った。彼のフラットに残してきたもののように、こうした捨てられたものは、年月を経て意味を変え、ある意味で受け入れるのがいつも容易いとはかぎらなかった。例えば、ジェラルドの苦しみに対する私自身の無関心は、私はその時はほとんど考えてもみなかったのだが、私にとってますます犯罪的なもののように思われてきた。新しい未来を求めて私が捨てたものは、今やその未来そのものが捨てられてしまったので、私が判断したり、列挙したりさえできないものに直接的に比例して、私は罰せられるのでないかと恐れるほど増していく非難の力を保持していた。多分何が保持され、何が捨てられるべきかは明らかではない、と私は言った。

ジェラルドは立ち止まって、顔に増していく驚きの表情を浮かべて私の言うことを聞いていた。

「でも、僕は君を許した」と彼は言った。「僕は手紙の中でそう言ったよ」

手紙は私がちゃんと読めない時に届き、もっと客観的に見られるかもしれない時でさえ読むのを避けるほど、それに対する私の罪悪感は大きくなっていた、と私は言った。

「僕は君を許した」とジェラルドは私の腕に手を置いて言った。「そして、君も僕を許して欲しい」

私たちはパブの外で立ち止まり、しばらくして、その場所にかつて立っていた陰気な建物を覚えているかと、彼は尋ねた。

「体裁の良いごまかしの高級住宅化だ」と彼は言った。「それはあらゆるところで起こっている。僕たち自身の生活の中でさえも」

彼が反対するのは、改善の原則ではなくて、こうした改善に伴うように思われる着実な一様化であり規格化だった。

「何処にできようとも、それはそこに前にあったものを傷つける——それでも、それはずっと前からあったかのように計画されている」

彼とクララが夏に数週間をかけてイギリスの北部を歩き、ペナイン山脈の大きな地域を踏破したことを彼は私に話した。ダイアンはロンドンで働かなければならなかった。ともかく、歩くことは彼女が楽しむことではなかった。彼らは自分たちのテントを持ち歩き、毎晩食事を作り、川で泳ぎ、嵐を切り抜け、日の当たる丘の斜面に寝そべり、徒歩で全部で百マイル以上を旅行した。これが今までで唯一の本当の経験のようにジェラルドには思われた。九月が来て、彼らはここに、拘束する日課に戻るのが信じられないように思われたが、それでも彼らはここにいた。

私は今さっき見たか弱い子供がそんな距離を歩けることに驚いた。

「彼女は見かけよりも強いのだ」とジェラルドは言った。

クララを話題にしたことで明らかにジェラルドの考えは異なる方向に行き、彼が急に後ろに手を伸ばし、背中のヴァイオリンのケースを軽く叩くのを私は眺めていた。

「ああ」彼は言った。「あの子は今日これが必要だ」

私はケースが彼女のものであることに気づかなかった、と言った。

「歴史は繰り返す」と彼は言った。「君は僕が馬鹿なことはしないと思っているんだろう？」

彼がヴァイオリンを止めるつもりであることを宣言した時、彼の母親は彼の顔に唾を吐いた、とかつて彼が私に話したことを思い出した。彼の両親は二人ともオーケストラの音楽家だった。ジェラルドはとても早くからヴァイオリンを弾くことを習い、非常に熱心に練習しなければならなかったので、彼の左手の小さな二本の指は弦を押したために変形したままだった。クララの先生は彼女の才能は例外的だとさえ言ったが、彼自身が長い間苦しんだその可能性のために、そんな人生を彼女のために望んでいるかは確信が持てるどころではない、とジェラルドは言った。時々、自分の経験がひどいものだったので、そもそも彼女にヴァイオリンを見せなければよかったと思った、と彼は言った。僕たちは過去の経験が悪いものであっても、それが知っている唯一のものなので、あまり考えもせずに繰り返すことがあるが、僕の場合は娘にそれをまた繰り返した。多分僕たちの傷の中だけに未来は定着できるのだ、と彼は言った。

「でも、完璧に正直に言うと」と彼は付け加えた。「僕は子供が音楽なしに育つことができるとは、思ってみることさえなかった」

彼はクララのヴァイオリン演奏に無関心なままでいようとした。彼女は、彼が自分の両親に抱いた、彼らの彼に対する愛情は彼らの願望に同意するということを条件としているというはっきりとした印象を持って育つべきではない、と彼は思っていた。そして多分、ヴァイオリンを捨てた本当の理由は、その問い、愛の問いに対する答えを見つけるためだった、と彼は言った。彼の学校に少年が、彼の学年にそれほどよく知らない少年がいたが、彼は恐ろしく音楽が下手だった。彼の音痴は繰り返して話され、いつも笑いを引き起こすもので、特に悪意のあるものではなかったが、学校の集会で賛美歌を歌った時、彼の声は——はっきり聞こえたのだが——口汚い言葉の種になり、公開のクリスマス・コンサートでは、聖歌を歌わず口だけ動かすようにと言われたという噂だった。不思議なことに、この少年はクラリネットを始め、それで彼は同じように耳障りな音を出したが、この楽器を学ぼうとする彼のしつこさは絶対に揺るがなかった。何度も何度も彼は学校のオーケストラに参加することを求め、そこではジェラルドは花形の演奏者だったのだが、断られた。

苦しみながらのろのろと努力して、彼は学年をゆっくりと進んだ。彼の音楽の把握は直感の正反対のものであったが、ある日とうとう苦労して最低限の水準まで進み、学校のオーケストラは彼を受け入れた。同じ頃、ジェラルドはオーケストラを去った。彼はこの少年のことをほとんど二度と考えたことはなかった。だが数年後、ジェラルドの最後の学期に、彼はたまたまクラリネットのためのモーツァルトの協奏曲を学校の演奏会で聴いた。ソリストは他ならないこの少年だった。そしてさらに数年後、ジェラルドはウイグモア・ホールのコンサートのチラシに彼の名前が大きな活字で特筆されているのを見た。今や彼は有名な音楽家だ、とジェラルドは言った――ラジオをつけると、そこでよく彼がクラリネットを演奏している。この話の教訓をはっきりとは掴めていない。それは非常に自然に来るものではなくて、最も難しいと思うものに注意を向けることと何か関係があるかもしれないと思う。僕たちは自己容認の理論で教え込まれているので、自分を受け入れることを拒否するという考えはなかなか過激だ、とジェラルドは言った。

彼は脚を自転車のペダルにかけて、ヘルメットに野性的な髪を押し込んだ。

戻ってこれを渡さなければ、と彼は言った。彼は本当の愛情をこめて私を見た。「ここに戻ってきたことが君にとって正しければよいと思う」と彼は言った。

私にはまだわからない、と言った。言うには早すぎた。しばしば夜、子供たちが寝た後で私はまだ散歩をして、どんなに静かか、どんなに暗い通りは閑散としているかにいつも驚く、と私は言った。遠くで街の微かな単調な音が聞こえてくるので、近くの静けさはどういう訳か人工的なように思われた。空気そのものが作られているという感覚が私には文明の本質だった、と私はジェラルドに言った。私がここに戻ってきてどんな風に感じるか、彼が知りたいのなら、圧倒的な感覚は安堵の感覚だった。

「ぜひ君にダイアンに会って欲しい」とジェラルドは言った。「そして昔の場所を見て欲しい。そこは君を驚かせるかもしれない」

私が彼のもとを去った後、取り乱した時期に彼が最初にしたことは、フラットの内側の壁を全部取り壊して非常に大きな空間を作ったことだった。何週間もの間、フラットは瓦礫と埃の大混乱だった。ジェラルドは食べることも眠ることもできず、近所の人々は絶えず文句を言い、そして屋根を支えるために非常に大きな鋼鉄の梁が階段を上って運ばれなければならなかった。人々は彼が完全に狂ったと思ったが、ジェラルドは激しい興奮に取りつかれ、それで彼のフラットの一方の端の窓のところに立つと、反対側の窓を通してすべてを見ることができた。彼はその結果を気に入っていたが、今はクララが育っているので、あまり実用的ではないことを認めなければならなかった。だが、重要なことはと、自転車を道に移動しながら彼は言った。重要なことは、今はそう感じられないかもしれないが、ロンドンに移ることは実際大きな機会だということだ。ここは世界の卓越した街の一つで、ここに順応することは、もうすぐ私が気づくと思うやり方で私を強くするだろう、と彼は言った。

Ⅲ

建築業者は、私は雌豚の耳から絹の財布を作ろうとしている、と言った。「これは手を加えられていない材料です」と彼は言った。「古いものはまったく使えません。すべて新しいものにしなければなりません」

彼は立って、台所の窓から小さな庭をじっと見ていたが、そこには、その下を掘るようにして進む木の根によって押し上げられたコンクリートの厚板がとがった角度でそびえたっていた。腐って落ちた果実の間にリンゴの木が垂れていて、そびえたつ針葉樹が周りの木々を奇妙な角度で育つようにさせたため、木々は狂気か苦痛の姿勢で凍り付いているように見えた。その数本は垣根を超えて歩道に追い立てられ、垣根を壊し、そこで庭は中央で分けられていた。

遠くの半分が私たちのもので、裏の扉から狭い歩道に沿って行き着いた。近くの部分は、下の地下のフラットに住んでいる人々のものだった。彼らの半分はすべて荒廃の過程のさまざまな段階にあるものでいっぱいだったので、装飾かガラクタかの境界がはっきりしていなかった。かなりの長さのプラスチックの敷布や壊れた家具やへこんだ深鍋や割れた花瓶や錆びた鳥の餌箱や金属の物干しがあったが、すべて朽ちた木の葉で覆われていた。また幾つかの像が、欠けた釣り竿を持った小さい男や顎が垂れた茶色い光るブルドッグがあり、こうしたものすべての中心には、黒い台座に立つ羽を広げた奇妙に作られた黒い天使の像があった。庭のその部分には鳩やリスが群がっていた。鳥の餌箱は不潔で放置されているのに、毎日縁まで餌が補給された。動物たちは山盛りの皿に群がり、小競り合いをし、皿が空になるとまた立ち去り、近くの位置につき、明らかにこのサイクルが繰り返されるのを待っていた。一日中、病的に見える灰色の鳩は外の窓棚や溝に身をすぼめて座っていた。時々、物音や動きが彼らを当惑させると、のろのろと空中に上って行く時、揺れ動く羽は叫び声をあげるような音を立て、それからまた彼らは落ち着くのだった。

地下のフラットへの裏側の扉は、私の台所の窓の丁度真下にあった。一日に二回それは開けられて、皺のよった、よたよた歩く犬を不潔な中庭に出し、それからまたバタンと閉められた。私は犬が庭への壊れたコンクリートの段を体を引きずって上って行くのを見るのだったが、そこで犬は震える脚の間から液体の流れを出し、それからまた、ゆっくりと段を少しずつ進んで行った。犬は段の一番上にあえぎながら座り、内側からの声が聞こえると、無理やり苦しそうにゆっくりと帰らなければならなかった。二つのフラットの間の床はとても薄かったので、下の人々の声がはっきりと聞こえた。特に台所の下では、彼らの突然の叫び声に驚かされた。彼らは六十代後半の夫婦だった。ある日通りで、男の人に会い、彼はそこに一番長く住んでいる住人で、四十年近く住んでいる、と私に言った。彼らはまだそこに残っている最後の地方自治体の借家人で、私たちのフラットの人々は、出る時に、彼らに一番古くからそこに住んでいるという名誉を与えた。

「彼らはアフリカ人だった」と彼はしわがれた、いわくありげなささやき声で私に言った。地方自治体はこうした古い不動産を住人が出ると直ぐに売っている、と不動産屋は言った。それは古い不動産を維持するためだが、いつも物事がおかしくなった、と彼は言った。地方自治体に関しては、この土地は邪魔なものを直ぐに動かせません、と彼は付け加えた。彼はウインクして、床を指さした。これはそれほど長くもたないかもしれません。じっと耐えていれば、いつか階下の部屋を買い、この後部を一軒の家に変えることができるでしょう。そうしたら、あなたは本当に金鉱の上に座っていることになるでしょう、という言葉で彼は話を終えた。

下の人たちは、頭上に他の人々が住んでいるという事実に明らかに折り合いをつけていないままだった。その家での二日目か三日目の朝、驚くような一連の激しく打つ音が私たちの足の下の床を揺るがせた。私たちは黙ってしまい、お互いにじっと見つめ合って、それからついに下の息子がそれは何かと尋ねた。彼が話すと直ぐに、下から打つ音が連発して聞こえてきた。二回目に聞いて、下の人は不満を表すために天井を強く打っていることが明らかになった。

「厄介な問題です」と建築業者は向きを変え、台所に目を向けて言ったが、台所では設備が波型の床の上で揺れていた。扉は塗られていたが、内側は年を経ているために欠けて灰色で、棚は腕木の上でぐらついていた。壁は吹き出物のように盛り上がったデザインの厚い紙で覆われていた。壁も塗られていたので、そのため紙がふくれて、ところどころはがれ、古い漆喰の塊が引っ張り出されていた。建築業者はさねはぎ板のだらりと垂れたさねの一つに指で触れた。「試しに一時的に修繕しなければならないことはわかります」と彼はさねを壁に軽く叩いて詰めながら言った。彼は歯の間で急に息を吸い込んだ。「私の忠告は、今はそのままにしておくことでしょう」

彼は親切そうな顔をしていたが、それでも、泣き始める前の瞬間の赤ん坊の顔のような、奇妙な苦痛の表情をしていた。彼は厚板のような腕を組み、考え込んで床を見下ろした。紫の血管がはげた均整の取れた頭の上で鼓動していた。

「あなたは私がするように言ったことをちゃんとしましたね」と彼は長い沈黙の後で言った。「それはすべてを鮮やかな濃いペンキで塗り、扉を閉めることとです」彼が床を軽く叩くと、床は真ん中でひどく下がり、木のように見えるかぶせたプラスチックのタイルで覆われていた。「この下に何があるか」と彼は言った。「心配です」

階下から騒がしいつぶやき声が上ってきた。少なくとも、床については何かしなければならない、と私は建築業者に言った。防音装置が必要だった。選択の余地はなかった。そのままではいられなかった。

彼は明らかに私の言ったことを考えながら、腕を組んだままで、静かに床をじっと見ていた。まもなく、彼は傾斜した中心に進み、軽く跳んだ。直ぐに私たちの下から激しい一連の打つ音が爆発するように聞こえてきた。建築業者は息をぜいぜいさせて笑った。

「古い箒の柄ですよ」と彼は言った。

彼は真っすぐに私を見た。彼は小さい、うるんだ青い目をしていたが、まるで光が目を傷めたか、見たくないものをあまりにもよく見てしまったかのように、いつも半ばしかめていた。彼は私に生活のために何をしているのか尋ね、私は作家だと言った。

「それはお金が入るのでしょう?」と彼は言った。「あなたのために入ると良いと願います。何故なら、ここは本当にお金の掃きだめだからです」彼はまた窓のところに歩いて行って、庭の隣人の部分を見下ろして、首を振った。「ああいう人たちの暮らし方」と彼は言った。

私は彼に不動産屋が最初にここを見せに連れて来た時、私のフラットの前の住人に会った、と言った。彼女はそこで最後の荷造りをしていた。彼女が扉の呼び鈴に応えるのに長くかかった。結局、私は彼女が正面の窓に掛けられている網目のカーテンの隙間からじっと見ているのに気づいた。不動産屋は窓越しに呼んで、私たちが誰であるかを告げ、私たちを中に入れてくれるように説得した。彼女は小柄な、怯えたような皺のよった女性で、彼女が話す時、彼女の声はほとんどささやき声以上にはならなかった。でも、不動産屋が行ってしまうと、彼女はもっと率直になった。私たちは二階の寝室の一つにいた。彼女は汚れた壁を背にしてベッドの縁に座っていた。私は彼女に下の人々はどんな人か尋ね、彼女は皺のよった窩の中の感情を表に出さない瞬きしない茶色い疲れた目で私を長い間見ていた。女性は男性よりもひどいです、と彼女はやっと言った。隣の家の人々は親切で、良い人たちだ、と彼女は付け加え——大学教授だと得意げに言った。彼らは階下と問題が起こるといつも助けてくれた。彼女の目は思いやるように私の顔に走った。でも、多分あなたに対しては違うでしょう。

私は彼女に何処に引っ越すのか尋ね、彼女はガーナに戻るのだと言った。今は、彼女の子供たちは全員家を離れ、自分たちのフラットを見つけていた。彼女は私がそこに行ったことがあるかと尋ね、私はないと言った。そこは美しい、と皺をのばした顔を上げて彼女は言った。ここ何年もずっと彼女はそこに行くことを夢見ていた。一番下の子、ジュエルという女の子が最後まで家に残っていたが、最近彼女はやっと勉学を終え、出て行った。彼女は薬学を学ぶことを選んだ――「長い、長い時間がかかりました！」女性は大きな声で言って、頬を手でたたき、静かに喜んでベッドの縁で前後に体を揺すった――でも、とうとう終わったのです。あなたは自由です、と私は彼女に言い、そして微かな微笑みが皺のよった彼女の顔に浮かぶのを眺めた。そうです、と彼女はゆっくりと頷きながら言い、微笑みは大きくなった。私は自由なのです。

「可哀そうな人だ」と建築業者は言った。「でも少なくとも、彼女はあなたに警告しなかったとは言えないでしょう」

嫌な肉のような臭いが台所をいっぱいにし、彼は大気をかいで、顔をしかめた。「あれは下で昼食を作っているのだと思いますよ」と彼は言った。彼は太い柔毛の生えた腕をまた組み、指で二頭筋を打った。「建築業者を介入させても」と彼は言った。「関係は改善できないでしょう」

私が到着してから彼らと接触したか、と彼は尋ねた――「モールス符号を通して以外に」と彼はまた床を足で叩きながら付け加えた。彼は今度はもう少し強く叩いた。下からくぐもった叫び声とある種の抗議があり、それから間もなく、答えとして何度かはっきりした叩く音がした。私は最初に引っ越してきた時、自己紹介をするために、下に行って扉をノックしたことを彼に話した。

「下はどんな風でしたか？」と彼は言った。「地上の地獄だと思います。外からの天井の高さから判断して、彼らは石炭置き場のネズミのように暮らしているに違いありません」

実際、最も著しいことは臭いだった。私は呼び鈴を鳴らして、外に立って待っていたが、その間中では、犬が繰り返しキャンキャン吠え、戸口にいてさえ、その存在は強力だった。長いこと経って、やっと私は内側から動く音を聞き、通りで私が話した男性が扉を開けた。

「誰なの、ジョン？」女性の声が内側から呼んだ。「ジョン、誰なの？」

私が子供たちのことを話すまで、彼らは十分に礼儀正しかった。特に女性は――彼女の名前はポーラだったが――自分の感情をわざわざ隠そうとはしなかった。彼女は自分の目を私の目に合わせて、あなたはひどい冗談を言っているに違いありません、とゆっくり言った。私たちは彼らの居間にいた。私たちは、たわんで黄ばんだ天井の重苦しい廊下を降りて行ったが、そこから寝室への扉を通して、不潔なシーツや毛布や空の瓶の山の下の床の上にマットレスが置かれている寝室がちらりと見えた。居間は散らかった洞窟のようなところだった。ポーラは茶色いベロアのソファに座っていた。彼女は顔の周りで硬い灰色の髪の毛をショートカットにした、たくましい体つきの太った女性だった。彼女の大きなたるんだ体は紛れもなく暴力の塊で、彼女が突然皺のよった犬を悪意を込めて強く打ち——犬は私のいる間絶え間なくキャンキャンキャン鳴いていた——そして、彼女は部屋の向こう側へ犬を飛んで行かせた。

「お黙り、レニー」と彼女は怒鳴った。

散らかったものの真ん中に、額に入った白黒の写真がテレビの上に立っているのに私は気づいた。そこには水着を着て浜辺に堂々と立っている女性が写っていた。彼女は背が高く、均整がとれ、きりっとしていて、それが与える周りの不潔さからの単なる息抜きのためだけでなく、その女性をよく知っているという、増してくる感覚のために、私の目はその写真に引き寄せられたが、私の前の太った顔にまだ見える上を向いた鼻と先のとがった顎から、写真の女性はポーラだということに私はやっと気づいた。

男性のジョンは、もう少し和解的のように思われた。おわかりでしょう、私たちは何年もここに住んできたのです、と彼はしわがれた声で言った。彼の肌は息切れした青みがかった灰色で、髪の毛は梳かされていなかった。白い毛が彼の耳から、そして顔の幾つかの大きなほくろから生え始めていた。女性はとがった顎を上げ、口を結んで頷いた。そうだわ、ジョン、と彼女が言った。長い年月、ひどく長い年月だ、とジョンが言った。彼らアフリカ人が、彼らが立てた騒音を信じられないでしょう。あなたが彼女に言って、ジョン、あなたが彼女に言って、と女性は言った。その後、彼女はそれ以上話すことを拒否して、私が去るまで、口を閉じ、鼻を空に向けてそこに座っていた。私は家の中をできるだけ軽く歩くことを学んだが、この習慣を息子たちに教え込むのは難しかった、と私は建築業者に言った。子供たちは違ったやり方で生活するのに慣れているので、と私は言った。

建築業者は黙って考えていた。

「見れば、あなたの問題がわかります」と彼はやっと言った。彼は過去十年の間に大きな心臓発作を二度起こした。「そして三回目は起こしたくありません」と彼は言った。

彼はこの仕事ために他の誰かが見積もりを出したかどうか尋ね、私はそうしたと言った。高価な車を乗り回し、自分は考慮すべきほど評判が良いと言ったポーランド人。しみ一つないジーンズを身に着け、スエードの靴を履いて家に群れをなして来て、情報をノートパソコンに入力したが、承諾する前に、自分たちは非常に忙しいので、少なくとも一年の間は始められないだろうと言った若く有能で話のうまい男たちの会社。建築業者は金額を尋ね、私は彼に話した。彼は目を細め、頭を後ろに傾けた。

「新しい配線を付け直し、漆喰を塗り直す」と彼は言った。「そしてこれは――」と彼はまた足で床を軽く叩いた――「上げなければならないでしょう。私が言ったように、何が見つかるかわかりません」

彼は概算の金額は出せるが、このような仕事にはいつも余分な費用がかかる、と言った。確実に高くならないように最善を尽くす。彼はただ私が巻き込まれていることがわかっているか確かめたかった、それだけだった。彼は話している間、台所を歩き回り、壁を軽く叩いて、窓枠を調べ、しゃがんで、その後ろを見るために幅木の小さい部分をねじ回しでこじ開けたが、それがまた連発して激しく叩く音を引き起こした。

「本当に、いままで何人かの隣人を見てきました」と彼は肩越しに言った。「ここの人たちがするように、お互いに上下に住んでいる人々には、領土の問題が伴うのです」

彼の部下が働いている不動産に人々が入ってきて、道具をもぎ取ろうとされたことがあった。彼は合法的な、またそうではない数えきれない脅迫を受けた。人々から彼らの不幸や病気や衰弱や、時には彼らの人生の運命に対して彼は非難された。何故なら、人々の中には――彼は足の下の床を指し示した――決して責任を取らず、いつも非難する誰か他の人を見張っている人がいるからだった。彼自身その非難を受ける筋合いでないように思われることがどんなに明らかでも、彼は誰か他の人の目的か願望の単なる代理人で、彼は自分の仕事をしているのに過ぎないのに、それでも彼は非難の対象になったのだった。

「裏を見てもかまいませんか?」と彼は言った。私たちは彼が家の裏を調べられるように、庭の私の半分の部分に出て行った。私たちが扉を開くと、驚いた激しく揺れ動く鳩の一群が、羽をバタバタさせ、大声で鳴きながら空中へと上って行った。建築業者は手を胸においた。

「本当に驚いた」と彼は息をぜいぜいさせて弁解するように笑った。

汚い色の鳥の騒ぎは、窓枠の後ろと煉瓦作りの壁に縦横に存在する排水管の上で落ち着いた。

「ああ驚いた、生きている」と建築業者は言って、目を細めた。「何百もいます。私は鳩が嫌いです」と身震いしながら彼は言った。「ひどく嫌なのです」

鳥が止まり木に群がって、待っている様子にはどこか悪意があるのは本当だった。よく彼らは小競り合いをして、お互いに突いたり、押したりし、羽をバタバタさせて空中を飛び回り、それから足掛かりに戻るために死にもの狂いで動き回った。隣のどちらの側の家も真ん中の不潔さを知らないふりをしているかのように立っていた。ここから静かなきれいに塗られた後部の外見が見え、バーベキューや食事用のテラスの家具と香りのよい花壇がある小さい庭が見渡せた。しばしば夏に、私は晩に遅く暗い台所に座って、隣の人を眺めたが、その庭は丁度窓から見えた。彼らは家族で、暖かい夜にはよく外で食事をし、子供たちは遅くまで芝生の上を走ったり、笑ったりし、大人たちはテーブルでワインを飲んでいた。彼らは時には英語で話したが、いつもはフランス語かドイツ語で話した。彼らはしばしば多くの友達をもてなし、慣れていない部屋の暗がりに座って彼らの会話の外国語のどよめきを聞いていると、私は混乱して、自分が何処にいるのか、自分は人生のどの時期にいるのか忘れてしまうのだった。地下の窓からの光が汚い庭の上に注いだので、庭は中心に壮観な黒い天使の立っている廃墟か墓地のように見えた。こうした極端なもの――とても嫌なものと牧歌的なもの、死と生――がほんの数フィート離れて立っていて、お互いに変わらないままでいることは、とても不思議に思われた。

私の庭の右には教授の庭があり、その砂利を敷いた小道と抽象的な彫像と葉状体で深遠な植物の幾何学的なデザインは、思想と熟慮を表していた。時々、彼らの一人かもう一人が、木陰のベンチに座って、読書しているのを私は見た。一度彼らは垣根越しに私に話しかけて、私の前の人がよくそうしてくれたように、彼らにリンゴを少しくれないかと頼んだ。私の庭のわびしいリンゴの木は明らかにブラムリーだった。それは驚くほど良い実をつけた。彼女はいつも彼らにたっぷりした量のリンゴをあげて、彼らはそれを一冬中もつアップルパイにした。

「あなたは自分で人生を楽にしてこなかった。それだけは言えますよ」と私たちが中に入ると、建築業者が言った。「私が言ったように、ここは厄介な問題です」彼は私をまごついたように見た。「あなたがこうした苦しい経験をすべてするのは残念に思われます。あなたはこれをいつでも市場に戻し、他の誰か馬鹿に買わせることができるでしょう。良い新しい住宅地に何か買いなさい——本当ですよ、ここで終わるまでには、たくさん変えなければならことが残ります」

私は彼がどこに住んでいるか尋ね、ハーリンゲイに母親と一緒に住んでいる、と彼は言った。その家は理想的ではないが、正直に言うと、他の人の家で働いて一日中過ごすと、自分自身の家に興味を持つエネルギーがあまり残っていなかった。彼と母親は上手くいっていた。彼女は彼のために喜んで夕食を作り、しかし運動不足なのは言うまでもなく、彼のダイエットは上手くいかなかった。建築は肉体的な仕事だと思うでしょうが、私は時間を全部トラックの中で過ごすのです、と彼は言った。若い頃、彼は軍隊で過ごした——彼にまだ残っている体形についてはそのことに感謝していた。今、彼の心臓の調子が悪いので、自分の健康について考え始めなければならなかった。

「それを考えることと言えるなら」と彼は言った。「夜ベッドに横になって三十秒間パニックになれば、翌日仕事で意識を失うことになります」

いつも一日のこの時間にそうするように、ためらいがちなトロンボーンの音が、台所の壁を通して聞こえてきた。それは隣の国際的な家族の娘で、彼女は非常に単調に規則正しく練習するので、私は彼女の間違いを覚えさえした。

「これはいわゆる例の外板一枚の建物です」と建築業者は首を振りながら言った。「音はすべてそこを通ります」

私は彼にいつ軍隊を除隊したのか尋ね、彼はおよそ十五年前だと言った。想像がつくように、彼は軍隊にいる間にいろいろなことを見てきたが、そこでの状況がどんなにねじれても——海外にいた時期でさえ、その構成要素は基本的に彼には見覚えがあった。一方、建築業者として過ごした年月に見たものはかなり異質だった。

「何かを暗示したくはありませんが」と彼は腕を組んで、向きを変え、窓から外を見ながら言った。「毎日その人の家にいると、人々の生活について多くのことを学ぶようになります。おかしなことは、人々は最初どんなに自意識が強く、どんなに懸命に外見をつくろうことから始めても、一週間か二週間後には、建築業者がそこにいることを忘れてしまうことです。見えなくなるという意味ではありませんが——見えなくなることは難しいことです」と彼は微笑みながら言った。「部屋の仕切りを釘抜き金槌で叩いて外している時——彼らは建築業者が見えるし聞こえるということを忘れてしまうのです」

相手に見られずに、人々を見ることは興味深いに違いない、と私は言った。その存在がどういう訳か考慮されない目撃者として、子供たちがしばしば同じように扱われるように私には思われた。

建築業者は憂鬱そうに笑った。

「それは本当です」と彼は言った。「少なくとも離婚訴訟が始まるまでは。その時は、みんなが採決のために彼らを求めます」

しばらくして、ある意味で、時々彼の依頼人たちは彼が人であることを忘れてしまったと感じた、と彼は続けた。それよりも、彼はある意味で彼ら自身の意志の延長になった。しばしば、彼らは使用人に頼むように、いろいろなことを彼に頼み始めるのだった。頼み事は普通は些細なことだが、時には非常におこがましいので、彼は正しく聞いたか疑い始めるのだった。彼は犬を散歩させたり、ドライクリーニングに出したものを取って来たり、トイレの障害物を取り除くことを求められ、そして一度は——彼は微笑んだ——きつくて、自分では脱げなかったので、女性のブーツを足から脱がせることを頼まれた。実際——彼の使った言葉を許してもらえるなら——誰かの尻を拭くことは頼まれたことがなかったが、彼はその可能性は疑わなかった。勿論、軍隊でも同じようなことがあった、と彼は付け加えた。人々を他の人に対して力のある立場に置くと、彼らは何をするかわかりません、と彼は言った。でもここでは、力のバランスが違っています。何故なら、あなたの依頼人があなたを憎み嫌おうとも、彼らはあなたのすることをどうしていいかわからないという理由で、またあなたを必要とするからです、と彼は言った。
「私の祖母は召使奉公をしました」と彼は言った。「そして、彼女をいつも驚かせるのは、人々はどんなに多くのことを自分ではできないかということだ、と彼女がよく言っていたことを覚えています。彼らは火を付けたり、卵を茹でることができなかったし――自分で服を着ることさえできなかったのです。子供たちのように、と彼女は言いました。でも、彼女の場合は」と彼は付け加えた。「彼女は子供であることがどういうことであるかさえ知らなかったのですが」

彼はこのような状況で基本的に敬意を欠いた立場に到達した数人の建築業者と知り合いになった。それは人を思いやりのない危険な人物にした。あなたのような人はそういう手におちいって欲しくはありません、と彼は私に言った。だが、危険でもあり、他の人々の理想や夢をあまりにも見聞きしたために起こる無関心、ほとんど倦怠感があった。自分が本当に何を望んでいるかわからずに、依頼人たちが彼に素晴らしいことをするように期待するのは、彼にとって非常に疲れることだった。何故なら、彼らのために何かを造る時、彼は彼らの夢や願望を予想しなければならなかったが、しばしば直ぐ後に、彼らはそれは彼らが本当に望むものではないと考え、彼にそれを取り除かせたからだった。あらゆることは可能性だったが、確実なものは何もなかった。彼はほんの数日前に取りつけた真新しいタイル一式を依頼者がよくない色だと決めたために取り除くのに一日使った後に、あるいは滝の下に立った経験を再現するために湿った部屋を造るのに何時間もかけた後に帰宅し、彼には自分や自分自身のことをするエネルギーがほとんどないことに気づくのだった。彼は自分では決して買う余裕のない台所を全部取り除き、捨ててしまった。非常に高価な木製の床を設置したので、彼が仕事をしている間、依頼人は彼を監督し、彼に注意するように言った。そしてそれから、時々自分が何を望んでいるのかまったく手掛かりのない、まるで長年の仕事が彼をある種の権威者にしたかのように、彼にどうするべきか言って欲しがる依頼者もいた。おかしいことですが、誰かが私の意見を求めたり、私に任せたその場所をどのようにするか尋ねられると、私はまったく空っぽな何処か、すべての角は曲がっておらず、すみは四角で、何もない、色も特徴もない、多分明かりさえない何処かを想像するのです。でも、依頼者に私は関心がないと思って欲しくはないと普通は言いません、と彼は言った。

彼は手首の大きい時計を見て、行かなければならない、と言った。彼はトラックを外に駐車し、このあたりの交通監視人がどんな風であるか彼にはわかっていた。私は通りまで彼と一緒に行ったが、通りは灰色の静かな午後だった。私たちは少しの間石段の下に立ち、一緒に家を見たが、家は外側からは、すべての連続住宅の他の家と同じだった。それらはこじんまりした三階建ての灰色の煉瓦づくりのビクトリア朝風の建物で、それぞれに正面の扉に上って行く石段と、地下に降りていく石段があった。地下室への扉は正面の扉の真下にあったので、石段は、入り口の周りに洞窟の入り口のような、トンネルのような空間を作っていた。家々には、建物から少し突き出した一段高くなったレベルに弓型の張り出し窓があったので、そこに立つと、通りの上の空間につるされた感じがした。数件離れたところに女性が立って、私たちを見下ろしていた。

「こちら側からだとそんなに悪く見えない、そうでしょう?」建築業者は言った。「ほとんどわかりません」

彼は腰に手をあてて、ぜいぜい息をしながら、そこに立っていた。仕事がキャンセルされたので、私が望むなら、二、三人の男たちをここに直ぐに配置できる、と彼は言った。その他には、私たちは多分クリスマスのことを話した。彼は概算の金額を私に渡したが、それは他の建築業者が見積もったものの丁度半額だった。しばらくの間、彼の細めた目は、まるで見逃したかもしれないものを、これから来るもののしるしか手掛かりを探すかのように、正面を上下に動いた。目は正面の扉の上で落ち着いたが、そこには奇妙な顔が、人間の顔が漆喰で作られていた。すべての家にはそれがあった。それぞれの顔は違っていて、あるものは女性で、あるものは男性だった。その目は、まるで戸口に立つ人を尋問するかのようにわずかに見下ろしていた。隣の家は娘らしい三つ編みの髪が頭に精巧にまかれた女性だった。私のものは濃い眉毛と突き出した額と長い尖った顎髭を持つ白い漆喰の男性だった。彼には父親的な温情主義のゼウスのようなところがあった、あるいはそうだと私は自分に言った。彼は宗教画の中で下の混乱状態を見下ろす顎髭の生えた神の姿のように上から見下ろしていた。

建築業者は、男たちは月曜の八時きっかりに来るでしょう、と言った。私は壊して欲しくないものは何でも片付けなければならなかった。運が良ければ、およそ数週間でこの場所を修理できるでしょう、と彼は言った。彼は地下室を見下ろし、そこには汚れた網織物のカーテンがうずくまっているような窓に掛かっていた。犬の鳴き声が中から微かに聞こえてきた。

「でも、あれは直せません」と彼は言った。

こんなに短い予告で代わりの住むところを見つけられるか、と彼は尋ねた。この場所はしばらくの間建築現場になるだろう。特に最初はたくさん埃が出て散らかるだろう。私は何ができるか確かではないが、息子たちは多分彼らの父親のところに行って一緒に住めるだろう、と言った。彼の細めた目が私の顔のほうに動いた。

「それでは、彼は近くに住んでいるのですね？」と彼は言った。

もしお子さんたちの問題が解決したら、私たちは多分なんとかできるでしょう、と彼は続けた。家族がそこに住んでいると不安だが、子供たちを別の場所に移すことができれば、仕事を早く上手く進めることができる。彼は寝室の一つを最後まで残しておくことができる。他のすべてが終わったら、その最後の部屋を修理している間、私は別の部屋に移ることができるだろう。彼はトラックの扉を開けて、中に入った。運転席には厚紙のコーヒー・カップや捨てられた食べ物の包装紙や紙切れがあった。お話ししたように、この仕事にはたくさん運転が必要です、と彼は悲しそうに言った。時々、彼は一日中トラックの中にいて、三食を全部そこで食べた。私は自分が残した屑の中に座ることになるのです、と彼は頭を振りながら言った。彼はエンジンをかけ、扉を閉め、それから離れていく間に窓を徐々に閉めた。

「月曜日の八時に」と彼は言った。

Ⅳ

私はデイルに白髪を処分できるかどうか尋ねた。

外は暗くなってきて、雨が店の大きな窓にあたって、ページを流れるインクのように見えた。車が向こうの道に沿ってのろのろと進んでいた。車はみんなライトをつけていた。デイルは私の後ろに、鏡の中に立っていて、長い乾いたかなりの量の髪の毛を持ち上げ、それから下ろした。彼の目は真剣な表情で鏡の中の私の姿をくまなく追っていた。彼の顔は陰気で、私はそれを鏡の中で見た。

「光る毛が数本あっても何も悪いことはないでしょう」と彼は咎めるように言った。

隣の席の客の後ろに立っているもう一人の美容師が、広い眠そうな瞼を半ば閉じて、微笑んだ。

「私は自分の毛を染めています」と彼女は言った。「たくさんの人々がそうします」

「僕たちは義務について話しているのだ」とデイルは言った。「六週間ごとにずっと戻って来なければならないですよ。それは終身刑だ」と彼は陰気に付け加え、彼の目は鏡の中で私の目に会った。「僕はあなたがよくわかっている必要があると言っているだけです」もう一人の美容師は、けだるい微笑みを浮かべて横目で私を見た。

「多くの人はそんなことは問題だと思っていません」と彼女は言った。「ともかく、彼らの生活はほとんどが義務です。少なくとも、それであなたが良い気分になれるなら、それは何よりのことです」

デイルは髪を前に染めたことがあるかどうか私に尋ねた。染料は明らかに溜まり、そして髪は本物でないように見え、つやがなくなることもあった。不自然に見えるようになるのは、色それ自体というより染料の蓄積だった。本物のような色合いを探して、人々は自宅で染める道具一式を何箱も買うが、彼らがやっていることは、髪の毛がますますつやのない鬘のように見えるようにしているに過ぎなかった。だが、それは明らかに霜降りの自然な感触より好ましかった。実際、髪の毛に関しては、概して偽物が本物よりも本物らしく見える、とデイルは言った。鏡の中に見るものは自然の産物ではないので、自分の髪が店の正面のマネキンの髪のように見えても、ほとんどの人にとって問題ではないように思われた。だが、彼女には一人の客、老婦人がいたが、彼女は白髪の髪を腰までずっと伸ばしていた。年配の人の顎髭のように、彼女の髪はデイルに彼女の英知であるという印象を与えた。彼女はこの白髪のふさふさした髪の中に力をなびかせて、女王のようにふるまった、と彼は言った。彼は手で私の髪を持ち上げて高く上げ、それから下ろしたが、その間私たちは鏡の中のお互いを見ていた。

「僕たちはあなたの持って生まれた権威について話しているのです」とデイルは言った。

隣の席の女性は無表情な顔で雑誌の『グラマー』を読んでいて、一方、もう一人の美容師の指は、複雑に金ぴかにした彼女の頭で作業し、それぞれの髪の房を塗り、それをきちんとしたホイルの包みに折り込んだ。美容師は入念で注意深かったが、彼女の客は一度もちらりと目を上げて見ようとはしなかった。

美容室は、非常に高い天井の白くてきらきらと照らされた部屋で、白く塗られた床板とバロック式のベルベットの覆いを付けた家具があった。高い鏡には、入念に彫刻され、白く塗られた額縁が付けられていた。光は天井からつるされた三つの分岐した大きなシャンデリアから発せられたが、すべて周りの鏡のついた壁に反射して二倍になっていた。その店は、薄汚い店やファーストフードの店や金属製品の店の並んだ通りにあった。大型の乗り物が外を通ると、店の正面の大きな板ガラスが、時々ガタガタと音を立てた。

鏡の中でデイルの表情は硬かった。彼自身の髪は、白髪のしまが入っている巻き毛の黒い優美なかたまりだった。彼は四十代半ばで、背が高くて痩せていて、ダンサーのような優美で背筋がのびた姿勢をしていた。彼はぴったりとしたジャージを着ていて、それは贅肉のない腰の上のお腹が多少太鼓腹気味であることを示していた。

「おわかりでしょう、それは誰も騙しませんよ」と彼は言った。「それはあなたが何か隠すものを持ったことを明らかにするのです」

それは公然と見せるのを隠したいと思うものを持つよりましなように思われる、と私は言った。

「何故？」とデイルは言った。「ありのままに見えることのどこが悪いのですか？」

わからないが、それは明らかに多くの人が恐れることだ、と私は言った。

「あなたは僕に言っているのです」とデイルが憂鬱そうに言った。「多くの人は」と彼は続けた。「鏡の中に見るものが自分ように感じられないからだ、と言う。僕は彼らにどうしてそうではないのか？　と尋ねる。あなたが必要とするものは、水性塗料ではなく、態度を変えることだ、と僕は言う。それは圧力だと僕は思う」とデイルは言った。「人々が恐れるのは」と下面を見るために私の髪の裏を持ち上げながら彼は言った。「必要とされないことです」

部屋の反対側の大きなガラスの扉が音を立てて開き、十二歳か十三歳の少年が暗闇から入って来た。彼は扉を少し開けたままにしたので、冷たい湿った空気と騒々しい車の音が、突風のように暖かい照明の行き届いた美容室に入って来た。

「扉を閉めてくれませんか?」とデイルは機嫌の悪い大声で言った。

少年はうろたえた表情を顔に浮かべて凍えて立っていた。彼はコートを着ておらず、灰色の学校のシャツとズボンだけを身に着けていた。彼のシャツと髪の毛は雨のために濡れていた。数秒後に、女性が彼の後から扉を通って入って来て、背後で注意深く扉を閉めた。彼女はとても背が高く、骨ばっていて、広い平たい彫りの深い顔をして、マホガニー色の髪は、角ばった頬の輪郭にそってショートヘアーに注意深くカットされていた。彼女の大きな目は、仮面のような顔の中で部屋のあちこちを素早く動いた。彼女を見て、少年は手を上げ、自分の髪の毛を額の上で横になでつけた。彼女は軍人のような毛織のコートを着て、まるで危険を感じ取ろうとするかのように、用心深く少しの間立ち、それから少年に言った。

「さあ、行きなさい。行って自分の名前を言いなさい」

少年は訴えるような表情で彼女を見た。彼のシャツは襟のところでボタンが外されていて、やせた胸が少し見えた。彼の腕は両脇に垂れ、手のひらは抗議して開かれていた。

「行きなさい」と彼女は言った。

デイルは私が髪を洗ってもらう準備ができているかどうか尋ねた。彼は私がいない間に色のカタログを見て、似合うものを見つけられるかどうか調べているだろう。暗過ぎるものはだめだ、と彼は言った。僕は茶色か赤か、明るいものを考えています。それがあなたの自然なものでなくても、その方が、もっとリアルに見えると思います。彼は椅子から下りる準備のできた客のいる床を掃いている少女に呼びかけた。彼女は機械的に掃くのをやめ、箒を壁にもたせ掛けた。

「そこに置いたままにしておくな」とデイルは言った。「誰かがつまずいて、けがをするかもしれない」彼女はまた機械的に向きを変え、箒を取って来て、それを持ってそこに立っていた。

「戸棚の中に」デイルは物憂げに言った。「箒は戸棚の中に置きなさい」

彼女は去って行き、何も持たずに戻り、それからやって来て、私の椅子の傍に立った。私は立ち上がって、彼女の後について数段下り、洗面台のある暖かい明るくない小部屋に行った。彼女は私の肩にナイロンのケープを付け、それから、私が後ろにもたれかかれるように、洗面台の縁にタオルを用意した。

「これで大丈夫ですか?」と彼女は言った。

暑いお湯と冷たい水が交互にしぶきとなって出てきた。私は、連続と戻り、一つの温度が別のものに置き換わり、そしてそれから元通りになるのを追った。少女は私の頭にシャンプーをためらいがちな指でこすり付けた。終わると、彼女は櫛で髪を梳かし、私はまるで誰かが数学の問題を解くのを待つかのように待っていた。

「さあ、終わりです」と彼女はやっと洗面台から離れて言った。

私は彼女に礼を言い、美容室に戻ったが、そこでは、デイルがペースト状のものをピンクのプラスチックの皿の中で小さい刷毛で夢中になって混ぜていた。あの少年が今や私の隣の席に座っていて、『グラマー』を読んでいる女性は、髪はまだホイルの包みに入ったままで、窓の傍のソファーに退き、そこで無表情に次々とページをめくり続けていた。彼女の隣には、少年と一緒に入ってきた女性が座っていた。軽く叩いていていて、膝の上には本が開かれていた。もう一人の美容師は、受付の机に肘をついてもたれかかり、傍に一杯のコーヒーを置き、受付係に話しかけていた。

「サミー」とデイルが彼女を呼んだ。「君の客が待っているよ」

サミーは受付係ともう数語言葉を交わし、そしてそれからゆっくりと椅子に戻った。

「それで」と彼女は両手を少年の肩に置いて言ったので、彼は思わずたじろいだ。「それで、どうするの?」

「あなたは何か物事をしようとする時、誰もいないとそれは上手くいかないという感じがすることがありませんか？」とデイルは私に言った。

私はしばしばその反対が本当のように思われる、と言った。何をすべきか言ってくれる頼りになる人がそこにいない時の方が、人はもっと有能になり得た。

「それでは僕は何か誤ったことをしているに違いない」とデイルは言った。「この地区は僕の助けがなければ浴室を管理することができなかった」

彼は銀のクリップを一つ取り上げて、私の髪の一部に留めた。染料は少なくとも三十分はそのままにしておく必要があるだろう、と彼は言った。私が急いでいなければよいと思う、と彼は言った。彼は二番目のクリップを取って、別の部分を分離した。彼が作業している間、私は鏡の中の彼の顔を眺めていた。彼は三番目のクリップを取り、一つの髪の房を別の房と分けている間、それを唇の間に挟んでいた。

「実際、僕自身特に急いでいないのです」と彼は間もなく言った。「今晩のデートがキャンセルされたところなのです。幸運にも」と彼は言った。「結局のところ」

隣の席では、少年が鏡の中の自分の姿を興味深そうにじっと見ながら座っていた。

「どういうのが好き？」とサミーは彼に言った。「モヒカン刈り？　バズ刈り？」

彼は肩を多少ピックと動かして、目をそらせた。彼は穏やかな血色の悪い顔をしていて、長い丸まった鼻が考え込んでいるような表情を彼に与えた。奇妙な打ち解けない微笑が、ふっくらしたピンクの口元にずっと浮かんでいた。やっと彼は何か呟いたが、あまりにもそっと言ったので聞こえなかった。

「何?」とサミーは言った。

彼女は少年の方に頭を傾けたが、彼は繰り返さなかった。

「奇妙に思われるかもしれないけれど」とデイルは言った。「僕はまったくほっとしました。そして、この人は僕が本当に好きな人だ」彼は髪の毛の一部をクリップで留めている間、一呼吸おいた。「最近、僕はますますこういう感じがしているのです――」彼は別のクリップを留めるためにまた間をおいた――「それはするに値するより面倒だという感じが」

何がそうなのか、と私は彼に尋ねた。

「ああ、わからない」と彼は言った。「多分歳の問題に過ぎないでしょう。僕はただ煩わされたくないのです」

一晩を一人で過ごす可能性が彼を脅かし、実際非常に怖かったので、それを避けるためだけに何処にでも行き、何でもした時期があった、と彼は続けた。だが今は、むしろ一人でいる方がよいと思うのだった。

「そして他の人々にそういう問題があっても」と彼は言った。「言ったように、僕は彼らに煩わされることはないのです」

私は鏡の中の彼の暗い姿、素早く指を動かす細心の注意、彼の長い痩せた顔に浮かんだ集中力を眺めていた。彼の後から、受付係が手に電話を持って近づいて来た。彼女は彼の肩を軽く叩き、電話を彼に差し出した。

「あなたへよ」と彼女は言った。

「伝言を残すように言ってくれ」とデイルは言った。「客がいるんだ」

受付係はまた去って行き、彼は目を白黒させた。

「僕はこれは創造的な仕事だという信念を貫く」と彼は言った。「でも時々、疑わなければならないのです」

彼はたくさんの創造的な人を知っている、としばらくしてから続けた。それはたまたま彼が親しくしている人たちだった。特に彼には一人の友人がいたが、その人は配管工で、空いている時に彫刻を作った。そうした彫刻はすべて配管の仕事で使う材料で作られた。名前を挙げれば、一定の長さのパイプ、バルブ、座金、排水管、不要な防臭弁などであった。彼は金属を熱して異なった形に曲げるために使う小型発火装置を持っていた。

「彼は彫刻をガレージで作るのです」とデイルは言った。「それらは実際とても良い。問題は、彼がワゴン車を離れた時にだけできるということです」

彼は髪の毛の新しい部分を取って、その周りにクリップを留め始めた。

何かを使って？　と私は尋ねた。

「水晶のようなメタンフェタミンです」とデイルは言った。「他の時は、彼はまったく普通の奴だ。でも、言ったように、空いた時には、彼は水晶のようなメタンフェタミンをたくさん飲んで、ガレージに閉じこもる。時々朝ガレージの床の上で目が覚めて、彼が作ったものが傍にあるが、彼にはそれを作った記憶がまったくない、と彼は言う。彼は何一つ思い出せないのです。本当に奇妙なことに違いない」とデイルはペンチのような指で最後のクリップを差し込みながら言った。「目に見えない自分の一部を見るように」

彼は自分の友達が好きだった――彼は前に私に誤った印象を与えたかもしれないと思った――だが、彼は四十歳でも二十五歳の時と同じような行動をまだ続けている人をたくさん知っていた。彼は実際それを、大人が熱狂的にパーティーで浮かれ騒ぎ、まだものを鼻に押し付け、鳥のようにすし詰めのダンスフロアでぐるぐる回る光景を少し気が滅入るように感じた。個人的には、彼にはもっとましなすることがあった。

彼は指先を軽く私の肩に置いて、体を真っすぐに伸ばして、鏡の中の自分の仕事を調べた。

「問題は」と彼は言った。「その種の生活――パーティーや麻薬や一晩中起きていること――は基本的に繰り返すということです。それはどこにも連れて行かないし、そのつもりもない。何故なら、それが表わすものは自由だからです」彼はピンクのプラスチックの皿を取り上げ、刷毛でその中身を混ぜた。「そしてずっと自由でいるためには」と彼は刷毛に濃い茶色いペースト状のものを塗りながら言った。「変化を拒絶しなければならない」

私はそれはどういう意味かと彼に尋ね、彼は目は鏡の中の私の目を見据えながら、刷毛を空中に浮かせて、少しの間立っていた。それから、彼はまた目をそらして、髪の一房を取り、それに注意深い刷毛運びでペースト状のものを塗った。

「まあ、それは本当じゃありませんか?」と彼は幾分イライラして言った。

私はわからない、と言った。人々は自分を自由にした時、普通変化を誰か他の人に押し付ける。でも、ずっと自由でいることは必ずしもずっと同じでいることにはならない。実際、人々が自分の自由に関して時々最初にすることは、彼らを拘束する別の形を見つけることであった。言い換えれば、変わらないことは、彼らが非常に苦労して達成したことを彼らから奪った。

「それはちょっと回転扉のようだ」とデイルは言った。「中にいなくて、外にもいない。好きなだけずっとその中にいて、ぐるぐる回り、そうしている限り、自分が自由であると思える」彼は塗り終った髪の房を置き、新しい部分を塗り始めた。「僕が言っているのは」と彼は言った。「自由は過大評価されているということだけです」

私たちの隣では、サミーが少年の黒いまとまりにくい髪に指を入れて、その手触りや長さを感じ取り、一方、彼の目は怯えて、横を見ていた。彼の手は椅子のクロームメッキの肘掛を握りしめていた。彼女は髪を一方にそれからもう一方にさっと動かし、鏡の中の彼をじっと見て、それから櫛を取り上げて、真ん中できちんと分けた。少年は直ぐに心配そうな顔になり、サミーは笑った。

「このままにしておきましょうか？」と彼女は言った。「慌てないで。ほんの冗談よ。両側が同じ長さになるようにそうしただけよ。違った長さの髪で歩き回りたくはないでしょう？」

少年はまた黙って目をそらした。

「何と呼びましたか」とデイルは言った。「物事の見方を変えるものすごく素晴らしい目もくらむような洞察力のひらめきを感じる時を？」

私はわからないと言った。二、三の異なる言葉が心に浮かんだ。

デイルはイライラして刷毛をぐいと引いた。

「道に関係のある言葉だ」と彼は言った。

ダマスカスへの道、と私は言った。

「僕にはダマスカスへの道の瞬間があった」と彼は言った。「去年の大晦日のことだった。

僕は新年が大嫌いだ。その一部なので、僕は大晦日が大嫌いだということに気づいた」

何人かのグループが彼のフラットにいた、と彼は言った。彼らは出かける準備をしていて、彼は出かけることが嫌だという事実について考え始め、他の人もみんな多分嫌だろうと思ったが、誰も進んでそう言わなかった。みんながコートを着た時、彼は家にいることに決めた、とはっきり言った。

「僕は急に煩わされたくないと思ったのです」

何故、と私は言った。

長い間彼は答えず、次々と髪の房を塗っていたので、とうとう彼は私の質問が聞こえなかったか、それを無視することを選んだのだ、と私は思った。

「僕はそこでソファーに座っていた」と彼は言った。「そして、それは突然起こったのです」

彼は刷毛を皿の中で混ぜ、両方の側面を茶色いペースト状のもので注意深く覆った。

「それはあいつだった」と彼は言った。「彼のことはよく知らなかった。彼はそこに座ってコーヒーテーブルの上にきちんと並べられたコカインを吸い込んでいた。僕は突然彼が本当に気の毒だと思った。彼がどうしてそうだったのか僕にはわからない」とデイルは言った。「彼は髪の毛を全部失くしていた、気の毒な奴だ」

彼は新しい部分のクリップを外し、塗り始めた。彼は髪の根本から始めたが、そこからずっと離れたところではもっと注意深くなった。まるで最初はそこでの仕事に集中する誘惑に逆らうことを学んだかのように。

「彼はおかしな太った小さい顔をしていた」とデイルは宙に刷毛を持った手を止めて言った。そう思ったのは、禿げていることとおかしな顔の組み合わせだったに違いない。僕はそいつが赤ん坊みたいに見えると思ったのです。赤ん坊が僕のソファーに座って何をしているのだ？　そして一度そんな風に見始めると、僕は止められなかった。突然みんながそんな風に見え始めた。現実が歪められたように思われ、あらゆることが奇妙に見えたのです、と彼は刷毛をまた皿に浸しながら言った。「もし僕がそれほど前のことに心を向けられるなら」

サミーははさみで少年の髪を非常に慎重に切り始めた。

「それで、君はどんなことに関心があるの？」と彼女は彼に尋ねた。

彼は打ち解けない笑みを唇に浮かべて肩を少しすくめた。

「フットボール？」彼女は言った。「それともあの何と言ったか――エックスボックス。君たち男の子はみんなそういうものに興味があるんでしょう？　友達とエックスボックスで遊ぶの？」

少年はまた肩をすくめた。

みんなが出かけてナイトクラブに行くのに家に留まるなんて、彼は完全におかしい、とみんなは明らかに思った。彼は気分が悪いふりをしなければならなかった。かつては大晦日を一人で過ごす可能性は彼を脅かしたが、この時は、彼らを早く追い払いたかった。彼は急にそれを見抜いた、彼らすべてを見抜いたと感じた。彼がダマスカスの瞬間に気づいたことは、居間にいる人々は――彼自身も含めて――大人ではないということだった。彼らは大きくなり過ぎた体の子供だった。

「そしてそういう時、僕は人を見下しているつもりはないのです」

「私の娘は君ぐらいの年だわ」とサミーは隣の席の少年に言っていた。「君はまあ十一、十二歳？」

少年は答えなかった。

「君は彼女と同い年くらいに見えるわ」とサミーは言った。彼女や友達にとって、今は化粧や男の子がすべてなの。そういうことをみんな始めるには、少し若すぎると思わない？でも、止められない。女の子の問題は」と彼女は続けた。「彼女たちは男の子と同じくらいたくさん趣味がないことよ。彼女たちには同じくらいたくさんすることがない。男の子が外でフットボールしている間、女の子はぶらぶら座ってお喋りしているわ。信じられないでしょう」と彼女は言った。「彼女たちの関係がすでにどんなに複雑かを。それはすべてあのお喋りのせいだわ。もし彼女たちが外で走り回っていたら、駆け引きをする暇などないでしょう」彼女はまだチョキチョキ切りながら、彼の椅子の後ろを動き回った。「女の子ってまったく厄介でしょう?」

少年は一緒に入って来た女性をちらりと見た。彼女は電話を置き、今は座って本を読んでいた。

「あれは君のお母さん?」とサミーは言った。

少年は頷いた。

「お母さんは君をおとなしいと思うに違いないわ」とサミーは言った。「私の娘は決して黙らないの。頭をじっと動かさないでいられる?」彼女は宙にはさみを持ち、手を止めて付け加えた。「君がずっと頭を動かしたら、切れないわ。そう」と彼女は続けた。「私の娘は決しておしゃべりを止めない。彼女は朝から晩まで一日中電話で友達とペチャクチャ無駄話をしているわ」

彼女が話している間、少年はまるで目のテストを受けているかのように、目を上下、左右に動かしたが、頭は静止していた。

「それはみんな君の年齢の友達についてのことでしょ?」とサミーは言った。

今では、外はすっかり暗くなっていた。美容室の中では、すべての明かりがつけられていた。音楽が流れていて、通り過ぎる車のブーンという音が微かに通りから聞こえた。一つの壁に沿ってガラスの棚の大きな列があり、そこには髪用の製品が販売用にに並んでいたが、トラックが外の近すぎるところを通ると、それは微かに揺れて、広口瓶や瓶がその場でガタガタ音を立てた。部屋は表面に反射した光でまぶしい室となり、一方、外の世界は不透明になった。見るものはすべて、すでにそこにあるものの反射でしかなかった。私はよく闇の中で美容室を通り過ぎ、窓からちらりと覗き込んだ。通りの闇から見ると、それは舞台の明るい光の中を登場人物が動き回る劇場のようであった。

そのエピソードの後、彼は知っている人を見るか、彼らに話しかける度に——そしてだんだん彼の知らない人、客や通りの知らない人に関しても——彼らが大人の体の子供であるという感覚に文字通り悩まされる時期があった。彼はそれを彼らの身振りや癖、競争心、不安や怒りや喜び、中でも特に彼らが肉体的、精神的に必要としているものの中に見た。安定した協力関係にある彼の知っている人々でさえ——かつては彼らの交際と親しさのために羨ましく思った関係の人々でさえ——今では遊び場の友人に過ぎないように彼には見えた。数週間の間、彼はある種の人間に対する憐みの霧の中を歩き回った。「荒布を着て、ベルを鳴らしながらさまよう中世から来た男のように」それはまったく無能力にさせた、と彼は言った。何日間かは、彼は実際肉体的に弱っていると感じ、足を引きずってやっと美容室に行くことができた。人々は彼は鬱状態だと思い、「そして、多分僕はそうだったのでしょう」とデイルは言った。「でも、僕はしなければならないことをしていた。僕は何処かに行き、ひどく参ってしまったら、戻って来ないだろうということがわかっていました」最後には、重大な精神的処分を受けたかのように、彼は空っぽで浄化されたと感じた。あの大晦日のことを思い出してみると、彼が感じることは、部屋には何か巨大なものがあり、他の誰もがそれがそこにいないふりをしているということだった。

私はそれは何か、と彼に尋ねた。

彼は今は私の後ろにしゃがんで、髪の後ろを塗っていたので、私は彼の顔が見えなかった。しばらくして、彼は立ち上がり、片手にプラスチックの皿を、もう一方の手に刷毛を持って鏡の中に再び現れた。

「恐怖です」と彼は言った。「そして、僕はそれから逃げていないと思った。僕はそれがなくなるまでそこに留まったでしょう」彼は仕上がったカンバスを調べる画家のように、塗った髪をあらゆる面から綿密に調べた。「もうそう長くはかかりません」と彼は言った。「定着させるために、少しの間そのままにしておきましょう」

私が許してくれるなら、彼は行って、急いで電話をかけなければならなかった。丁度今、彼の甥が彼と一緒に滞在していた。彼は今晩の予定が変わり、結局家に戻ることを彼に知らせなければならなかった。

「運がよければ」とデイルは言った。「彼は自分で何か料理するものを見つけたかもしれません」

私は甥はどこから来たのか尋ね、彼はスコットランドだ、と言った。

「最新流行の場所ではありません」と彼は言った。「どういう訳か」と彼は言った。「僕の姉は名もない場所の端にずっといるのです」彼は姉を訪ねてそこに一回か二回行ったが、ほんの四十八時間後には、羊に話しかけることを真剣に考えていた。

甥はおかしな奴だ、とデイルは言った。彼は自閉症か、アスペルガー症候群か、その人が他の人と同じようでない時、それが何であれ最近人々が呼ぶものである、と誰もが決めていた。彼は資格を取らず学校を去った。デイルが訪れた時、彼は無職で、座って岩を丘の下の石切り場に投げることを楽しんでいた。

「有難いことに、それ以来彼は少し変わりました。この前の夜、彼は僕がパスタのソースに新鮮なハーブを使ったか、あるいは『ただの』――とデイルは指で引用符を作って――「乾いたものを使ったかどうか聞きさえしたのです」

私は少年がどうしてロンドンに来ることになったのか尋ね、それは彼が姉とした会話の後だった、とデイルは言った。少年がものを彼女に配ると言い、彼は間違った体の中で生きている、あるいは間違った人の中で生きているとか、そういうことを言い始めた、と彼女はデイルに言った。

「彼は何か月も一言も話しませんでした」とデイルは言った。「そしてそれから、突然だしぬけにそう言ったのです。彼女はどうしていいかわからなかった。彼女は僕にそれがどういう意味だと思うかと尋ねたのです。僕は美容師だ」と彼は言った。「心理学者じゃない」彼は私の頭のほつれた髪の房を指で触った。「でも、確かに僕は勘が働いたのです。僕は彼にもし鞄に荷物を詰めて、列車に乗れば、ロンドンで僕と一緒に滞在できるだろう、と言ったのです。僕は仲間を探しているんじゃない。今のままの生活が好きだ。僕には良いフラットと良い仕事があり、そのままにしておきたいのだ。だから君は君の役割を果たさなければならない、と僕は言ったのです。そして僕は慈善家なんかじゃないから、働かない人は泊めない。でも、君には自由があるだろう、と僕は言った。そしてロンドンは大きなところだ。君がそこで探しているものを見つけられないなら、何処にも見つからないだろう。そして一週間後に」とデイルは言った。「ドアのベルが鳴り、そこに彼がいたのです」

彼はまったくは驚かなかったことを認めた。良くないと思うかもしれないものを隠す時間が彼にあるように、姉が二日前に少年が来ることをそっと知らせたのだった。そしてその二日間の間に、彼は考え直している自分に気づいた。彼はフラットの部屋を歩き回り、部屋が清潔できちんとしていることに気づいた。彼はその場所の平和を、好きなように行ったり来たりする、仕事の後帰って来て、すべてが出かけた時と同じままの状態であることを見る自由をゆっくり味わった。「考えたのです」と彼は言った。「誰かがいつもそこにいるという、僕が話しかけ、後片づけをしなければならない誰か、基本的に僕に責任のあるある誰かがいるということを。というのは、十六歳ではまだ子供で、その子はそれまでスコットランドの小さい村の外に出たことがなかったからです。ええと、言わなくても僕が言いたいことがおわかりでしょう」とデイルは言った。「今のこうしたことすべてをあきらめてしまうなんて、僕は頭がおかしいと思ったのです」

私はそうした不安が現実のものとなったかどうか彼に尋ね、彼はしばらくの間黙っていた。私は微かな太鼓腹がオオカミのような骨格から突き出している腹部で腕を組んでいる彼を鏡の中で眺めていた。

明らかに最初は困った時もあった、と彼は言った。彼は甥に物事を彼がして欲しいようにすることを教えなければならなかったが、誰も直ぐには覚えない。しかし、特に彼は美容室で初心者を前もって訓練する経験から、そのことがわかっていた。時間が必要だ、時間と一貫性が必要だ、と彼は言った。だが、今では二か月になり、彼らはまったく上手く一緒に仲良く暮らしていた。少年は見習い機械工の仕事を見つけた。彼は芽を出しかけた社交生活も少し楽しんでいて、時々、デイルと一緒にナイトクラブに出かけたりさえした。

「僕がパイプやスリッパをわざわざ片づけ」とデイルは言った。「そして、体を引きずって扉から出る時、分かち合った生活は」と彼は続けた「自分だけでいたのと同じでは決してあり得ません。何かを失くします」と彼は言った。「そしてそれを取り戻せるかどうか僕にはわかりません。いつか彼は出て行くでしょうが、僕は多分彼がいなくなったら寂しいでしょう――前は完璧だと感じられた場所が空っぽのように感じられるかもしれないという考えが僕の心に浮かぶのです。僕は予想した以上のものを捨ててしまったのかもしれない」と彼は言った。「でも、人々が入って来るのを止めることはできません」と彼は言った。「そして、彼らがそうする時、自分にとってそこに何があるのか問うことはできません」

彼は横切って電話を取りに受付に行き、私は傍の席の少年を見たが、彼の乱れた黒い髪は短く刈られていた。彼はしばしば哀願するような眼差しを母親に向けたが、彼女は断固として本に夢中になっていた。

「素敵になりますよ」とサミーは私に言った。「今晩特に何処かに行らっしゃるのですか？」

私は行かないと言ったが、翌日の晩は何処かに行かなければならなかった。

「彼がきちんと整えれば、普通二日か三日は申し分ないでしょう」とサミーが言った。「あなたは申し分ないはずです。それじゃあ」と彼女は少年に言った。「君を見てみましょう」

彼女は両手を彼の肩に置いて、鏡の中の少年を正視した。

「どう思う?」と彼女は言った。

返事はなかった。

「さあ、何か言うことはないの?」

私は少年の母親が本からちらりと目を上げるのを見た。

「ここに好ましい人がいるわ」とサミーが言った。「謎の好ましい人が」

少年の指の関節は椅子の肘掛を握っていたところが白かった。血色の悪い彼の顔は硬直していた。サミーが手を離すと、一瞬で彼は急に立ち上がり、肩に付けられていたナイロンのガウンをさっと脱いだ。

「興奮しないで」と手のひらを上げて後にさがりながらサミーは言った。「わかるでしょう、ここには高価な備品があるのよ」

奇妙な突進するような動作で、少年は椅子から大きなガラスの扉の方に大股で歩いて行った。彼が扉をぐっと引っ張って開け、シュウシュウ音のする車が通る暗い雨の通りが現れた時、彼の母親はまだ手に本を持ったまま立ち上がり、見た。彼は扉のハンドルを非常に強く引いたので、彼が離した後、扉はずっと蝶番の周りを回転し続けた。扉はさらに遠くまで行き、ついに髪の手入れ用の製品がきちんと並んでいるガラスの棚の列に激しく衝突した。少年は顔を照らされ、刈られた髪をまるでよだつかのように逆立てて、開いた戸口に冷淡に立って、棚の列から瓶や広口瓶が崩れるのを見ていた。それらは落ちて、雷のような大きく響く音を立てて美容室の床を転がり、それからガラスの凄まじい壊れる甲高い音のする滝になって崩壊した。

誰もがまったくじっと立ちつくしていた。デイルは手に電話を、サミーは少年の捨てられたケープを持ち、母親は指で本を握りしめている、沈黙の瞬間があった。『グラマー』を読んでいた女性さえとうとう雑誌から顔を上げた。

「何ということでしょう」とサミーが言った。

少年は戸口から素早く飛び出し、濡れた暗い通りに姿を消した。数秒間、母親は瓶と割れたガラスのきらきら光る広がりの中に留まっていた。彼女はかたくなな威厳のある表情をしていた。そして瞬きもせずサミーをじっと見た。それから、彼女はバッグを取り上げ、注意深く本を中に入れて、扉を開けたままにして、息子の後から歩いて出て行った。

V

木々は相反するものを含む混合した恵みである、とローレンが言った。人食い鬼か巨人のように大きな姿で闇の中に現れるそのがっしりとした姿は、街のあらゆるところにあった。木々は建物の間や道端に沿ってそびえ立っていた。それらはとても劇的だ、と彼女は認めざるを得なかった。私たちが歩いているところでは、太い幹が堆積物のように歩道に打ち込まれていたので、広い厚板は下からの根の圧力で一連のうねりとなって育っていた。こうした根の中には表面まで貫通しているものもあった。人間の腕よりも太いその無目的な蛇のような姿は石にぶつかっていた。それらは絶えずつまずかせる危険がある、とローレンは言った。そして一年のこの時期、葉が落ち始める時には、中心部全体が二、三インチの深さに木の葉で覆われ、とても滑りやすいので、その場所はアイス・スケート場のようになった。

いろいろなことがあったでしょうが、ロンドンから快適な旅をしましたか、と彼女は私に尋ねた。支線が問題だった。ロンドンの列車が数分遅れただけで接続する列車を逃すことになった。それはいつでも起こり、作家たちが——もちろん彼らの責任ではないのだが——遅れて到着するので、この街で文学の催しを運営するのは難しいことだった。だが、街の近づきにくいことがその魅力でもあることを彼女は認めた。生い茂った樹木に覆われた谷を通る曲がりくねった道や、列車が非常に高い空所へと曲がりくねって進む時に川や山の斜面を亀裂のようにちらりと見ることは壮観だった。彼女自身は便利さのために普通は車を運転した。だが、列車の旅はとても良かった。

私たちは起伏に富んだ歩道を急いで上ったり下りたりして、左右に曲がり、また左に曲がり、その間、ローレンは手首につけた細い時計をひっきりなしにちらりと見た。街灯の光が私たちの頭上の生い茂った黒い木の葉を金色に輝かせた。数滴の雨が降り始め、木の葉の上でポツポツという音を立てた。私たちは大丈夫なはずです、とまた時計を見て、ローレンは言った。私が歩くのが速いのは幸運だった。何人かの作家は——悪気はないのだが——いつもそうであるとは限らなかった。少し落ち着いて、紹介されるまでに私には数分あるはずだった。他の人々は控室で私を待っている、と彼女は言われていた。

私たちが街の中心の公共機関のように見える建物に到着すると、扉が開いていたので、四角い電気の光が込み合ったロビーから通りに広がっていた。ローレンは戸口で立ち止まり、中を指さした。控室は左側の二番目の扉で、きっと難なく私はそれを見つけるだろう、と彼女は言った。彼女自身は別の作家を迎えにホテルに行かなければならなかった。彼女は小さい傘をバッグから取り出した。ここではこうしたものが必ず必要です、と彼女は言った。彼女は催しが上手くいくようにと願っていた。普通はそうなるように思われた。催しは熱心な聴衆を惹きつけた。ここでは他にそれほどすることがありませんん、と彼女はやや曖昧に付け加えた、と私は思う。

控室への重い木製の扉を押し開けると、私は直ぐに暑さと物音に包まれた。人々が丸いテーブルのところで座って食べたり、飲んだりしていた。一つのテーブルに向かって四人の男性のグループが座り、私の背後で扉が重々しく閉まると、彼らはみんな顔を向けた。彼らの一人が立ち上がり、手を差し伸べて前に進んで来た。彼は私たちの催しを司会する者だと自己紹介した。彼は私が予想していたよりもずっと若くて、痩せ気味でほっそりしていたが、私たちが握手をした時、彼はひどくしっかりと握った。

私は遅れたことを謝り、彼はまったく問題ない、と言った。実際、建物の電気に問題が起こっていた。明らかにその日早いうちに雨がたくさん降り、濡れるべきでないものが濡れてしまった、あるいは少なくとも彼はそう理解していた。ともかく、それが何であれ、かなり致命的なように思われた。だが今、彼らは直している、と彼は言った――そのために、催しは予定されたより十五分遅れて行われることになっていた。彼と他の人々は待っている間に飲んでいた。彼はそれは礼儀にかなったことではないように思った――ジャンボジェットの乗務員が離陸の前に飲むのに少し似ていた――だが、そのことは他の人々をまったく心配させるように思われず、そして、彼らは人々が見に来た者たちだった。率直に言って、この連中にはあまり司会が必要ではないでしょう、と彼は言った。一つの質問で彼らは何時間でも話します。

私たちはテーブルに着き、みんな立ち上がって握手をし、それからまた座った。テーブルの上にはワインの瓶と四つのグラスがあった。司会者は自分の席を私に提供した後で、五つめのグラスを取りに行った。私はテーブルの周りの男の一人に前に会ったことがあった。他の二人は知らなかった。私の知っている男はジュリアンと呼ばれていた。彼は大柄で肉付きがよく、奇妙に子供のようで、巨大な少年のようだった。彼はどこか不器用で災難をもたらしそうな大きな声と態度をしていたが、実際は素早く鋭く皮肉っぽかったので、人は見られたと気づく前に間違えなく嘲られた。私は彼のこの能力のエネルギーと迅速さに以前感心したことがあった。それはいつも沸騰点にあり、対象を受け入れて弱めるのを待っているように思われた。彼の大きな体には不快のオーラが微かにただよい、それを追い払うかのように、彼はよく動き、がっしりとした脚を組み、また組み直し、テーブルの方に突き出し、椅子の上であちこち向きを変えた。

彼は自分が最近出演して、子供時代について書いた回想録を朗読した別の催しについて他の人たちに話していた。その本は、父親は彼が生まれる前に妊娠している母親を捨て、彼が継父の子供として成長したことを述べていた。「だから、少なくとも何も個人的でなかったのです」と彼は言い、他の人が笑うのを待って話を中断した。朗読の後、聴衆から一人の男が彼に近づいて来て、脇に引き寄せ、彼自身が本当の父親、ジュリアンの生みの親であるという驚くべき主張をした。ジュリアンは鼻に皺を寄せた。

「彼は嫌な臭いがしました」と彼は言った。「それが本当でないと祈らなければなりませんでしたよ」

この男は関係を証明する書類を家に持っていると主張した。彼はジュリアンの母親や彼女への愛や一緒に過ごした楽しい時について話した。彼が話している間に、二番目の男が聴衆の中からやって来て、ジュリアンの腕を軽く叩き、まったく同じ主張をした。彼らは木工品の中から積極的に這い出してきたのだ、とジュリアンは言った。それは『マンマ・ミーア！』のようだったが、ただし、雨のサンダーランドでの出来事だった。

「これはあまりよく知られていない催しです」と彼は私に言った。「あなたが気に入るとは思いません」

人々が費用を払い、自分が切望する注目を得られるなら、自分はどんな文学の催しにも行くだろう。売春婦のように自分を売るのだ、と彼は続けた。正直に言うと、彼は封筒を、特に自分の名前が書かれている封筒は素早く開けた。彼は注目をいくら受けても足りなかった。

「それはランサローテ島で二週間を過ごす私の母のようです」と彼は言った。「チャンスがある間にすべてを吸収する。徐々にというものは何もない。日焼けすることさえも――私はまったくあぶり焼きにされたいのです。もしこれが太陽の下での瞬間なら、私は太陽をいっぱい浴びるつもりです」

彼は両手を杯状にして広げ、口を大きく開き、かなりの量の周囲の大気を詰め込んだ。

私はジュリアンが話している間、司会者がまるで私が言われたことに対して悪い反応をするのを心配するかのように、私の方をしばしばちらちら見ていることに気づいた。彼は小さいハンサムな、少し人目を気にするような顔をして、ビーズのような目をしていた。彼の黒い髪は、濃くて、とても短く刈られていたので、ほとんど動物の毛皮のように見えた。しばらくすると、彼は前に身をのり出し、私の腕に触れて他の作家の誰かに――ジュリアンとルイス――に前に会ったことがあるか、と尋ねた。ルイスはジュリアンの右側に座っていた。彼は肩の長さまで広がった脂ぎったように見える髪をしていて、顔は厚みがあり、無精ひげを生やしていた。彼の裂けた革の上着と汚れたジーンズは、ジュリアンの豪華な濃紺のスーツと紫色のネクタイと明らかに対照的で、ルイスの服装は、無気力で無関心な態度にもかかわらず、計画的で意図的であるように思われた。彼はジュリアンをじっと見て、ジュリアンの言ったことに対して微笑む時はいつも、大きな茶色い不ぞろいの歯をあらわにした。ジュリアンのもう片方にいる人は、ずっと若くて天使のように見える少年で、亜麻色の髪が巻き毛になって顔の周りに下がっていた。紹介された時、私は彼の名前を聞き逃した。彼はジュリアンのボーイフレンドだろう、と私は推測した。彼のピンクの弓のような口は両端で丸くなっていて、彼の丸い青い瞬きしない目もそうだった。彼は喉のところまでずっとボタンをとめた濃い青いぴったりとしたコートを着て、まるで寒いかのように両手をポケットに突っ込んでいた。間もなく、彼は向きを変えてジュリアンの耳に身を傾けて何か言い、立ち上がって、立ち去った。

司会者は時計を見て、私たちは多分移動すべきだ、と言った。外の廊下で、彼は私と足並みを揃え、ジュリアンとルイスは前を歩いた。

「こんな風に物事を進めるのは」と彼は言った。「あなたを不安にしますか?」彼は人々が向こう側を通る時に、立ち止まり、それからまた私と歩調を合わせた。「私は頼まれた時には、喜びます」と彼は付け加えた。「でもそれから、終わるととても嬉しいのです」

私たちは廊下の終わりに着き、扉を開けた。その向こうに、暗闇の中に幾何学的な形の整然とした庭があった。雨は長方形の芝生の上にぎざぎざに広がって降っていた。数百ヤード先に、大きなライトアップされた大天幕があった。司会者はそこに走って行かなければならないようだ、と言った。私たちは闇と雨の中を、テントの入り口に続く、まっすぐな砂利を敷いた道を通って出発した。他の人たちは前を走り、ジュリアンは悲鳴をあげ、頭に上着をのせていた。そこは見かけよりも遠く、雨は突然ほとばしるように強く、激しく降った。司会者は、私がついて来ているのを確かめるために、後ろの私を何度も見た。向こう側に着いた時、私たちはみんな息がきれ、水が滴っていた。ルイスのびしょ濡れのネズミの尻尾のような髪が、顔の周りにかかっていた。ジュリアンのシャツは肩と背中に黒いしみがついていた。司会者の硬い弾力性のある髪には、小さな揺れるしずくがあり、彼は動物が毛皮を振るように、それを振り落とした。私たちは入り口で紙ばさみを持った男性に迎えられ、彼は司会者に何故覆いのついた渡り通路を通って私たちを連れて来なかったのか、といぶかしげに尋ねた。彼は私たちが今立っているところに庭に沿って真っすぐに伸びている、私たちの後ろの天蓋付きの遊歩道をペンで指した。司会者は当惑したように笑い、それがそこにあるのを知らなかった、誰も自分に言わなかった、と彼に言った。

その男性はこの説明を黙って聞いていた。明らかに、この催しは一般の人々が――関係者は言うまでもなく――ずぶ濡れで行事に到着するのを予想していない、と彼は言った。残念ながら、この時点では彼にできることは何もなかった。聴衆はすでに着席し、現状では私たちは遅れていた。私たちは中に入らなければならなかった――彼は赤い顔をして髪の毛の濡れたむさくるしいグループを見た――実際のところ、私たちはそうだったのだ。

彼は黒いカーテンを掛けた入り口を通って、仮設の舞台の後ろに私たちを連れて行った。反対側で、聴衆の話すざわめきが聞こえた。後ろから見ると、舞台は厚板と足場の棒で作られた粗雑な構造だったが、前から見ると、壇上はつやがあり、白くて、照明が行き届いていた。四つの椅子が、四つのマイクの周りに会話ができるように配置されていた。それぞれの傍には、水の瓶とグラスの載った小さいテーブルがあった。私たちは舞台に歩いて上り、聴衆は静かになった。明かりが薄暗くなって直ぐに消え、暗闇になり、舞台の明るさが増したように思われた。

「私たちは正しいところに来たのでしょうか?」とジュリアンは暗闇に話かけ、混乱した身振りで自分の周りを見た。「私たちは濡れたTシャツのコンテストを探しているのです。私たちはそれはここだと言われました」

聴衆は直ぐに笑った。ジュリアンは上着を振って広げて、慎重にそれをまた着る時にしかめっ面をした。

「濡れた作家は乾いた作家よりずっと面白いですよ。約束します」と二番目の笑いの波よりも大きな声で彼は付け加えた。暗闇の中で聴衆が席に落ち着く音がしてきた。ジュリアンは手前の席に着き、ルイスは彼の隣に座っていた。司会者はその次の席に座った。私は列の端に座った。司会者は、膝のところで脚を組み、鈍い目で大天幕の内部を見回しながら、他のみんなと一緒にジュリアンの言うことに笑っていた。彼はメモ帳を膝の上に置き、それを開いた。開いたページに筆跡が見えた。ルイスは茶色い歯を少し見せて、ジュリアンを見ていた。

「私は出過ぎると時々言われます」とジュリアンは聴衆に言った。「私はいつ自分がそうしているかいつもわかるわけではありません——私は言われなければわからないのです。作家の中には内気なふりをする人もいますが、私はそうではありません。皆さんが見たいのは静かな人、苦しんでいる人、芸術家、注目はみな嫌いだと言う人々です。ルイスのような」と彼は言い、聴衆は笑った。ルイスも、歯をもっと見せ、黄色っぽい白目の薄い青い目をジュリアンの顔にじっと向けて、笑った。「ルイスは書く過程を楽しむと実際主張するタイプの人です」とジュリアンは言った。「授業を楽しむと言う人々のように。私、私は書くことが嫌いです。誰かに背中をマッサージしてもらい、膝にお湯の瓶を載せて、私はそこに座っていなければなりません。私は後で得られる注目のためだけにそうするのです――私は褒美を待っている犬のようです」

司会者はわざと無頓着にメモ帳を見ていた。彼が介入する機会を逃したのは明らかだった。催しは彼なしに列車のようにすでに出発していた。水が私の髪の毛から首の後ろに滴った。

すべての作家は注目を求める人です。そうでなければ、何故私たちはここ、舞台の上に座っているのでしょうか？　とジュリアンは続けた。作家たちは子供の頃、無視され、虐待されましたが、今、彼らはそうした人々に復讐しているのです、と彼は言った。自分たちが書いたことの中に子供じみた復讐の要素を否定する作家は嘘つきです。書くことは、正義を自分の手にする手段です。もしその証拠が欲しかったら、あなたが正直であるために、あなたが何を言うかを恐れる人々を見さえすればよいのです。

「私が母に本を書いたと言った時」と彼は言った。「最初に彼女が言ったことは、『お前はいつも難しい子供だった』です」

聴衆は笑った。

長い間、彼女は書くことについて話し合うことを拒否してきた。彼女は、彼が何かを、その所有権よりも二人が分かち合った話の事実を彼が自分から盗んだと感じた。

「親は時々そのことで問題を抱えています」と彼は言った。「彼らは自分たちの生活のある種の静かな目撃者である子供を持ちますが、それから、子供は成長して、彼らの秘密をいたるところでもらし始めるのです。私は彼らに言いたい。代わりに犬を飼いなさい。あなた方は子供を持ちましたが、実際必要とするものは、犬、あなた方を愛し、従いますが、一言も言わないものなのです。何故なら、犬について言えることは」と彼は言った。「あなた方がそれに何をしようとも、それは決して言い返すことができないからです。私は暑くなってきました」と彼は顔を扇ぎながら付け加えた。「私は実際服をなんとか乾かしてしまいました」

彼が子供時代を過ごしたところは――ここにいる誰かが礼儀を知らず、彼の本を読まずに出席したのだといけないから言うのだが――北部の、観光地図や歴史の記録は大きく取り上げないけれど、多分その地方の社会事業部のファイルに長々と記録された村だった。そこは現代的な貧困で、誰もが給付金で生活し、倦怠と安い食べ物で太り、そして一家の最も重要なメンバーはテレビであった。その地域の男性の平均寿命は五十歳だった。

「でも、残念ながら」と彼は言った。「私の継父はその統計を無視し続けています」

彼の母親は彼が生まれると、公営住宅を与えられた――「多くの臨時収入の一つです。私を彼女の生活に入れたための」と彼は言った――そして間もなく、彼女は様々な男性から求愛された。その家は、望ましい片隅の不動産で、予備の浴室と隣人たちよりも数フィート多いが価値のない外の空間があった。求婚者たちは文字通り建物の周りに列を作った。彼はその時まだ赤ん坊だったので、彼の継父が彼らの家に来たことを覚えていなかった。そして、それが何であるかわかる前に、何かによって傷つけられることは最悪ではありませんか、とジュリアンは言った。ある意味で、彼は意識のある人になる前でさえ、傷物だった。気がつくことは、クリスマス・プレゼントを開けて、中にあるものがすでに壊れていることを見つけるようなものだった。

「それは私たちの家では」とジュリアンは言った。「いつもそうでした」

間もなく、母と継父は自分たちの二人の子供を、ジュリアンの異父妹を持ち、そして、部外者、望まれない重荷としてのジュリアンの身分は、日常生活の事実として公然と認められた。

「おかしいです」と彼は言った。「親が自分の子供たちに何かするやり方は。まるで誰も彼らを見ていないかのようです。それはまるで子供は彼らの延長部分であるかのようです。彼らが子供に話す時、彼らは自分自身に話しているのです。彼らが子供を愛する時、彼らは自分自身を愛しているのです。彼らが子供を憎む時、彼らが憎んでいるのは自分自身なのです。次に何が生じるかわかりません。何故なら、それが何であれ、たとえ後でそのことであなたを責めたとしても、それはあなたではなく自分たちから生じるからです。でも、考え始めると、それは子供であるあなたから生じたのです――どうしようもないのです」

彼の継父は滅多に彼を殴らなかった――彼は継父のためにそう言った。殴るのは母だった。継父の残酷さは、まったくもっと洗練されて変化に富んでいた。彼はジュリアンの劣っていることを強調したり、食べ物や飲み物や服や家自体に住む彼の権利さえ疑うためには、どんなことでもした。私がジャガイモの唐揚げを多く取り過ぎないことを確かめるために数えている彼を、ほとんど気の毒に思わなければなりませんでした、とジュリアンは言った。そしてその執念、その残酷さは、ある意味である種の注目だった。それは家の中で起こるあらゆることにおいて自分の存在を目立たせたので、ジュリアンの中に自分は特別であるという信念を植え付けた。そして、その事実は継父にとってますます耐えられなくなったが、ただ彼はジュリアンを殴らなかった。

庭の奥に誰も使わない小屋があった――彼の継父は日曜大工をするような人ではなかった――そこは古いガラクタでいっぱいだった。ジュリアンはいつからそこが自分の永久的な住まいになったか思い出せないが、それは彼が学校に行き始めた後に違いなかった。何故なら、彼は母親が教師に何も言わないように約束させたのを覚えているからだった。しかしその時点から、ジュリアンはもう家に入ることを許されなかった。床にマットレスを置けるようにそこの空間が片づけられ、食事は彼のところに持って来られ、そして彼は中に閉じ込められたのだった。

「多くの作家は小屋が好きです」とジュリアンは考えこんで言った。「彼らは小屋を仕事をするために使うのです――彼らはプライバシーが好きなのです」彼は話を中断し、微かな笑いのさざめきが起こり、また消えた。「『自分だけの小屋』」と彼は付け加えた。「私はそれを題名として考えました」

彼はその頃何を感じたかについてはあまり言うつもりはなかった――それは彼が八歳頃まで続き、そして、彼はどのように、また何故だかわからないが、家の日常の残酷さにまた受け入れられた――恐怖、肉体的な不快さ、動物のような不自然なことを彼は見つけ、それを切り抜けなければならなかった。そうしたことはすべて本に書かれていた。書くことは、自分の胸からナイフを引き抜くように、苦痛でもあり安堵でもあった。彼はそうしたくなかったが、そのままにしておけば、長期的には痛みはもっとひどくなることがわかっていた。彼はそれを家族に、母にそしてまた異父妹たちに見せる決心をした。最初、母親は彼がそのような話を作り上げたことを非難した。そして、彼の一部はほとんど母親を信じた。正直であることの問題は、他の人々が嘘をつくことができることをなかなか信じられないことです、と彼は言った。異父妹の一人が自分の記憶で彼の話を裏付けて初めて、この話題が公然となった。それに続いたのは何か月にもわたる話し合いだった。それは調整委員会のようだったが、コフィー・アナンの援助はなかった。不愉快な場面がいくつかあった。彼は家族の同意を得る必要はなかったが、ともかく同意が欲しかった。何故なら、彼の真実、彼の視点だけでは十分でなかったからだった。視点は離婚する時にソファを二つに切る夫婦のようなものです。ソファはもうないけれど、少なくともそれを公平と呼ぶことができます、と彼は言った。

十四歳の時、学校から家に帰る途中で、彼は二人の男性、外国人が村の外に立っている驚くべき光景を目にした。彼らはタイ出身だった。彼らは近くの田舎に家を、非常に大きな整然とした庭のある、ある種の田舎の大邸宅を買っていた。彼らは一週間に一度芝を刈る人を探して広告を店の窓に貼るために村に来たのだった。ジュリアンはこの二人の異国的な人々、彼がよく知っている嫌な灰色の風景の中に現れた人々を見て、その場に立ち止まっていた。店は閉まっていて、男たちはいつまた開くか知っているか、と彼に尋ねた。そしてそれから、彼らは彼がいままで見られたこともないように率直に彼を見て、彼自身がその仕事に興味があるかどうか尋ねた。芝生は非常に広かった。彼らは多分全部刈るのに毎週丸一日かかるだろう、と思っていた。彼が学校に行かない週末にできるだろう。彼らは喜んで彼を車で送り迎えし、昼食が提供されるだろう。

次の二年間、彼は毎週土曜日に芝刈り機を押して、広々として静かな芝生を、上ったり、下りたり、上ったり、下りたりしたので、ゆっくりと自分の人生をほどき、初めに戻っていくように感じられた。それは治療を受けるようでしたが、ただし、私はとても汗をかき、そして昼食が含まれていました、と彼は言った。こうした昼食は――手の込んだ、よい香りのする食事は、家の正式な食堂で取ったが――それ自身が教育であった。ジュリアンの雇用者は、非常に教養があり、よく旅をする人たちで、美術や骨董品の収集家であり、数か国語に精通していた。ジュリアンが、彼らの関係を、女性は見えず、一緒に豪華に暮らしている二人の男性の本質をいろいろなものを接ぎ合わせて理解するのに長いことかかった。長い間、彼はただ状況の変化に茫然として、それについてあれこれ思いめぐらすことさえしなかったが、それから、徐々に彼は彼らが並んでソファに座り、食後のコーヒーを飲んでいる様子や、彼らの一人が会話で主張する間、相手の腕に手を置いている様子、そしてそれから――彼らはその時までには彼のことをよく知るようになっていた――彼らのどちらかが一日の終わりにジュリアンを車で送るために家を出る時に、お互いに素早く唇にキスをする様子に注目するようになった。それは彼が単に同性愛を見た最初の時ではなかった。それは彼が愛を見た最初の時だった。

この二人の男性は、彼が小屋について話した最初の人だった。彼はそのことを書いたことに対してよく勇気があると言われたが、実際は、一度そうすると、彼は聞いてくれる人には誰にでもその話をした。必要なことが一つだけあります。一度扉を開けたら、そのままにしておく必要があるだけです、と彼は言った。ロンドンに移り、自分自身になる作業を始めた後、長い間彼は少しめちゃくちゃな状態だった。彼はガラクタがいっぱい詰め込まれた食器戸棚のようだった。扉を開けると、あらゆるものが外に落ちた。自分自身を再編成するには時間がかかった。そして、しゃべり、話すことは、中でも一番面倒なことだった。言葉をコントロールすることは、怒りや恥をコントロールすることで、経験のめちゃくちゃな状態を取り上げ、向きを変えて、それから筋の通ったものを作ることは難しかった。その時にだけ、自分に起こったことに打ち勝ったことがわかった。物語が自分をコントロールしているのではなく、自分が物語をコントロールしている時に。彼にとっては、言葉は武器、最初の防御手段だった――彼は勇敢ではなかったかもしれないが、彼は確かに意地の悪さに対する答えを持っていた。彼は両親に虐待されたが、書くということはある種の癒しだった。書くことによって、彼は自分を公にさらした。人々は彼の話を読むと、彼のことをすべて知るので、彼は心理的に裸であった。その後の人生ずっと、裸で歩かなければならず、そして書くことに何か裸の王様のようなところがあるとすれば、それは治療士にかかるよりも安く、心の傷を和らげるために酒や麻薬に手を出すよりもずっと良かった、と彼は付け加えた。

ともかく、十分に時間を取った、と彼は聴衆に言った。彼にとっては苦しいことだが、他の人を話に割り込ませなければならなかった。それに加えて、彼はいつもしていることをしたが、それは、聴衆の何人かは自分でそれを読む手間を省いたと考えられるように、彼は物語を全部明らかにしたことだった。率直に言って、彼らが一冊買ってくれさえすれば、彼は彼らがそれを読んでも読まなくても気にしなかった。彼は販売用に出口に何冊かあると思う、と言った。

聴衆は笑い、自然な心からの拍手をし始めた。

「私は自分の広報係と呼ばれています」とジュリアンは付け加えた。「でも、私はすべてを彼から学んだのです」

彼はルイスを指さした。

「とんでもない」とルイスは言った。「私は君の陰で多くの時間を使ったので、ビタミン不足になり始めている」

聴衆はまた笑ったが、ただ前よりも少し熱心でなかった。

問題は、彼の本がジュリアンの本と同じ時期に出版されたので、彼らは同じ宿場で会い続ける旅行者のように、同じ催しに出席し続けることだった、とルイスは続けた。

「時々、ほっとします」と彼は悲しげに言った。「知らないところで知っている顔を見ると。別の時には、ああ、まさか、また彼じゃないだろうね、と思います」

微かなはっきりしない笑い声が少しあった。知られるということは制限することです、と ルイスが続けた。自制心なしに行動することはできません。あなたはこの世の果てまで行くことができますが、もしそこであなたの名前を知っている人に会うなら、家に留まっていた方が良いでしょう。

「私は知られたくありません」と彼は急に虚ろになった静けさに向かって言った。

彼はゆっくりした、少し催眠作用のある一本調子で話し、椅子の中で体を丸くしていたので、広がった髪が顔にかかり、無精ひげのはえた顎はほとんど胸のところに置かれていた。

本を書く時、彼が願うのは、恥から自由になったやり方で自分自身を表現することである、と彼は言った。その恥の源の一つは、他の人々が彼を知っていることであった。だが、彼らが知っているものは真実ではなかった。真実は彼が根気強く他の人々から隠しているものであることに彼は気づいた。彼が本を書く時、彼を突き動かすのは、この恥から自由になりたいという願望だった。彼は自分をまったく知らない人に当てて書いていると信じて本を書き、そしてそれ故、彼はその人の前できまりの悪い思いをする必要がなかった。

その人は実質的には彼自身だった。

　舞台で彼が非常によくジュリアンの隣に配置されるもう一つの理由があり、それは彼らの本は両方とも自伝に分類されることだった。それはこのような催しを準備する人々にとって物事を容易くした。だが実際は、彼とジュリアンの本にはまったく共通するものが何もなかった。それらは相互に相反する原則によって機能しているとほとんど言えたかもしれなかった。

「先日」と彼は言った。「私は庭を眺めながら書斎に座っていて、突然私の猫のミノを芝生の上に見ました。ミノは鳥を手足で草に押し付けていました。ミノが面白そうに見ている間、鳥はもがき、羽をバタバタ動かしました。ミノは自分の力を楽しんでいて、鳥の頭を咬み落とすことによって力を実行する瞬間を楽しみに待っていました。その時、通りかかる突然音が、ある種のドシンという音、あるいは爆発音が聞こえました。鳥はこの機会を捉えてもがいて自由になり、飛び去りました」

　鳥にそれほど問題解決能力があることにルイスは驚いた。だが、ミノは年を取ってきているることを認めなければならなかった。若い頃は、獲物を捕る動物として、心が警戒を解いている間でさえ、彼は手足が掴むのを緩めることはしなかっただろう。また、ルイスが立ち上がって、扉を開き、ミノを追い払うことで、鳥を救うことができただろう。その時、彼は成功について、かつて仕事場として使っていた不潔で重苦しい地下のスタジオで書いた本が、世界中で売れたことによって、彼はここ、美しい庭を眺められる今彼が所有する快適な家の大きくて快適な部屋へと移った事実について考えていた。彼はまた得たお金で幾つか新しい家具を買ったが、その中には彼がその時座っていたミース・ファン・デル・ローエの椅子も含まれていた。彼はももの下に柔らかい革を感じることができた。彼の鼻腔は豊かで快適な香りでいっぱいだった。こうした感覚はまだ彼にとってまったくは馴染みのないものだったが、そうしたものは、彼の新しい部分を、新しい自己を育てていることに彼は気づいた。彼はそうしたものとつながりはなかったが、そうしたつながりは、丁度今、彼がそこに座っている間に、創られていた。彼は積極的に、また徐々に過去の自分から遠ざかり、同じように徐々に新しい人になっていた。

彼はこうした考えを止めて、状況の変化に自分が本当に何を感じているか見つけたかった。それは自己満足だろうか、あるいは恥だろうか？　それは、かつて彼を見くびり、恥をかかせた人々を負かしたという辛辣な感情だろうか、あるいは、彼ら自身の生活は惨めに変わらないままなのに、彼は彼らから逃れ、彼らのおかげで自分の経験を利益にした後ろめたさなのだろうか？　こうしたもの思いは、視界にミノが現れたことによって、彼の目の前で展開し始めた話によって遮られた。ミノと鳥の物語に夢中になっていた時――それは短かったけれども――ルイスは自分の中に直ぐに呼び起こされ始めた責任の感覚に気づいた。彼は、ミノが地面に押さえつけている間、弱弱しく羽をばたつかせる鳥を眺めていた。誰もこの物語をコントロールしていないことに、彼は気づいた。彼が行動して介入する必要があったか、あるいは、彼はミノを知っていてミノは彼の猫だったが、彼が自分と同一視したのはもちろん鳥だったので、ミノが鳥を殺すのを見て傷ついただろうか。実際は、この出来事は直ぐに解決した。物語は何故かそれ自身で解決した。物語が思わせるものは、逆境に対する勝利だった――ルイス自身は決断と問題可決能力は鳥にあると思ったが、こうした出来事を彼が目撃したことには、実際にもっと深く、心を乱す何かあり、出来事自体は何も意味しないが、彼の責任感と知識はまったく異なった見方をした。彼の猫のミノとの公的な同一視は、彼の鳥との私的な同一視と相反した。責任の感覚は、こうした二つのことが一致しないことを積極的に認知することから来ることに彼は気づいた。彼の一部はミノを憎んだに違いないが、それでもミノは彼の一部だった。鳥が逃げるのを眺めながら、彼はミノと鳥は彼自身の人格の二つの面を表しているのに気づいた。彼の内部の何かが自由になることを望んだが、彼はそれをいつもコントロールしてきた。彼の中の自由になることを望む側面は、彼がそれを許さなかったので、決して自由にはなれなかった。だが、さらに大きいのは、鳥が真実についての何かを象徴しているという感覚だった。

彼は新しい状況にいたが、かつて世の中で自分がどのようであったか、特に彼がいわば自分自身の鳥に対して猫を演じたやり方を非常によく思い出した。彼が思い出せる限り、彼は自分の中のそれ、野性的であるべきなのに閉じ込められた何か、その最大の傷つきやすさは自由を失う立場にある何か熱狂的な存在をずっと感じてきた。ミノが自分の力を鳥に使ったように、彼は長い間それに対して愚かにも計画的に力を及ぼしてきた。快適な書斎に座り、鼻腔に革の臭いを感じて、芝生での出来事を眺めながら、昔の心の状態を容易く思い出したので、彼は実際またもう一度そこに入ったこと、鳥はもう一度閉じ込められ、もう一度彼の中で死に物狂いで羽をバタバタさせていることを確信した。鳥が逃げたのは、悲劇的な物語になり得たものの良い終わり方のように思われるかもしれないが、鳥は偶然逃げたに過ぎなかった。逃亡の素晴らしい物語はなかった。

彼の本について人々はあまり評価せず、彼の書いたものには何も起こらない、あるいは少なくとも書くに相応しいと思われることは何もないと不平を言われ、最初はショックを受けたが、本は世界中で売れた。ジュリアンのような本の方がずっともっと楽しかった。何故なら、それは虚構の目隠しを取り去り、自分を隠すことなくさらしたからであり、読者は、それを、極端さを楽しみ、彼ら自身の経験の範囲の外にあるものを熱心に楽しむからだった。人々はジュリアンは物事を作り上げる必要がないと思っていた。何故なら、彼の経験は非常に極端だったので、彼はその仕事を免除されたからだった。一方、ルイスの書くものは自分をさらすことが控えめだったので、人々はつまらないと思った。彼は作品を物語化して、もっと面白くしないことで批判された。ジュリアンは自分の経験を物語化する必要はなかった。それはほとんどの読者の経験の範囲のずっと外にあったので、彼らは彼の書いたものに胸をおどらせた。実際、彼はジュリアンの本がとても好きだったが、それは彼らがいわゆる旅の道連れになったからだけではなかった。多くの作家は、それが事実であるゆえに、事実は真実よりも裏付けとなる詳細が必要ではないと考えるようだった。何かが実際起こったことを証明さえできれば、それはそのままそれだけで存在することができ、それが人々の注意を引くほどたまたま風変わりで、グロテスクであったら、それを説明する必要性はさらに減じた。真実は違っていた。何故なら、それは比喩的なものになり得たからだった。他の人たちとは違って、ジュリアンが気づいたように思われるものは、あらゆる極端さの程度に対して、対応する責任の程度が必要とされるということだった。丁度、高い建物の建築家は――ジュリアンが許してくれるなら――庭の小屋を造る者よりもっと精力的な建築の仕事に直面するように。

ルイスのものは、普通の存在の低いところにある真実に過ぎず、人々は、食べたり飲んだり、大便をしたり、小便をしたり、性交したり――自分の同性愛を認めるのが難しかったので、自分の体以外の体と交わる機会が限られていたために、もっとよく自慰行為をする話を、単調で、不快で、嫌なものとさえ思うと主張したが、それでも彼らは彼の本を買い続けた。彼はそれは人々がかつていつも聖書を所有したやり方に少し似ているのではないか、と思った。彼らは聖書を読まないが、家に持っているべきだと思った。彼は自分の本を聖書と比較し始めるつもりはないが、人々は彼の本を買い続けた。だが、多分とてもつまらなかったので、それを読まなかった。また、人々が聖書を手元に置いて読まないように、彼が重要な作家だと考えられていたので、彼らは彼の本を買うべきだと感じたから買ったのだが、それを読まなかった。少し悲しいとしても、人々が自分たちが日常的にしていることを不愉快だと言うことはおかしかった。実際、彼は本のその部分にそれほど興味がなかったが、彼はそれを地面から雑草を取り除くように、彼の書いたものから恥を取り除く基礎的な仕事、予備の仕事に過ぎないと見ていた。人々が彼の本を読み終えない一つの理由は、千ページを超えて、それは過度に長いからだ、とよく言われた。それに対する答えは簡単だった。だが、彼に興味を持たせたことは、本からの一節を声に出して読むように求められた時にはいつも、彼は時の構造を再生するやり方の代表的でないものを選んだことだった。大便をしたり、小便をしたり、窓から眺めて過ごす間は、人生が意味のある配列だと感じられる瞬間はまれだった。この事実を表そうとする試みに、本が書かれた五年間のほとんどを要したが、それでも、彼が選ぶのはいつも他の部分、まれで選り抜きの抜粋だった。公の場で彼が読むのは意味のある瞬間についての短い部分だけだったので、彼の本は誤った印象を与えた。それはある種の自己背信だった。彼の観察力は進歩しているように思われたが、物事はいつも同じままだった。だが、とても違った風に見え得た。時は変える必要があるものを変えずに、あらゆることを変えてきたように思われた。

彼がよく読む引用は、子供時代のエピソードに関するもので、五歳の時、母親が家から数マイル離れた触れ合い動物園に彼を連れて行った時のものだった。彼らは一緒にバスに乗り、動物を見ながら小さい農園を歩き回った。ある時点で、彼は馬がぬかるんだ囲いの中に立って、柵の向こうを見ているのに気づいた。彼は馬を見るために、何かに引き留められた母よりも先に行き、馬の鼻を撫でられるように柵を少し上った。最初彼はその動物が少し怖かったが、それは受動的で、穏やかで、尻込みせず、彼に鼻を撫でさせた。彼は母親が近づいて来るのを感じ、彼女が自分を見ていることに気づいた。彼女は彼の物事の扱い方に感心していると思ったことを覚えていた。だが、彼女は彼の傍に来ると、小さい叫び声をあげ、馬の目の傷を指さした。お前がやったの？ と彼女は仰天して彼に尋ねた。彼は実際それまで気づかなかった目を見た。それはまるで突かれたかのように、赤くはれて、じくじくしていた。彼はとても驚いたので、母の非難に反論できなかった。だがまた、数秒経つと、彼はだんだん自分が無実であることがはっきりしなくなってきた。母が彼が馬の目を突いたと言ったら、彼は自分がそうしたかしなかったか確信が持てなかっただろう。彼らは家に帰り、ルイスはその午後と夕方ずっと増してくる不安な状態で過ごした。朝、土曜日はいつもそうすることを許されていたように、彼は雑貨屋に行ってお菓子を買えるように小遣いをもらえないか、と母に頼んだ。彼女はお金を与え、彼は出かけた。だが、雑貨屋に行く代わりに、彼は母が前の日に彼を連れて行ったのを覚えているバス停に行った。バスが来て、彼は料金を小遣いで払った。彼は窓の傍に座って、外をじっと見ていたが、バスが進むと、ますます恐ろしくなり、そして前の日に行った時に気づいたものを何も見ることができなかった。だがそれから、正しいバス停に到着した時、結局彼はそれを覚えていたことがわかった。丁度その傍に、格子縞のエプロンをかけた太ったコック長の形をしたネオンサインがあったのだった。彼はバスを降りて、触れ合い動物園の門を通って、草地を横切り、馬がまだ柵の後ろに立っているところに行った。彼は用心して馬に近づいた。その受動性は、今、彼には服従のように見え、穏やかさはあきらめのように見えた。馬は傷のために目が見えなくなるかもしれないと、母は言った。だが、彼女はまたその出来事を直ぐに忘れてしまったようで、動物園の誰にも告げず、家に帰った時、父親にさえ言わなかった。柵を上って、ルイスは馬の目を調べた。彼はどちらの目が傷ついていたか、それはどんな風だったかはっきり覚えていないことに気づいた。試してみても、彼は自分が何を探しているのか確かめることさえできなかった。結局、彼はあきらめて、家に帰るバスに乗ったが、家では、彼が消えてしまったことで両親がヒステリーに近い状態であることがわかった。彼がいなくなったことの説明をしている時でさえ、彼らは彼を厳しく扱った。後になって、彼らはこの話を誇らしげに語ったが、特に母親はその後ずっと彼女がたまたま出会う五歳児をみなそれに基づいて判断した。

　彼はよくトラウマとの彼の関係について尋ねられるが、多分公の状況でこの話を選ぶ理由は、それは彼自身のトラウマとの関係ではなく、生きることとそれ自身に本来備わっているトラウマ的な性質について何かを語っているからだと思う、とルイスは言った。また何か書くかどうかわからない、と彼は付け加えた。彼の世の中との関係は十分にダイナミックではなかった。彼の本はそれだけで存在しなければならないだろう。たとえ彼の性的な傾向が可能性を与えたとしても、彼自身が子供を持たないように、その本はきょうだいを持たないだろう。彼は自分が作家であると言えることに特に興味はなかった。すでに言ったように、単に書いている間、自分は知られていないと思っていたおかげで、彼は書くことに成功したのだった。今はもうそうではなかった。人々が今読んでいるその本が、蛇が捨てて、そこに残したままにした皮と同じように、彼にとって個人的ではないと思われる時が来るだろうと思う、と彼は言った。彼の経験において特有の形で、絶対的に正直であり得た状態に戻りたいだけだが、書くことをそのための場として使うことによって、彼はまた書くことを決して戻れないところに確実にしてしまった。自分自身の寝床で小便をする犬のように、と彼は言って、向きを変え、初めて私を真っすぐに見た。

前の日にデイルが注意深く乾かした髪の毛から、水がまだ私の首の後ろに滴り落ちていた。私の服は湿って、足は靴に溜まった水の中で動いた。舞台の照明は目をくらませる効果があった。その向こうに、野に育つもののように、うねるように続き揺れる卵型の聴衆の顔を、私は見分けることができた。私は声に出して読むものを持ってきた、と言い、司会者が励ますような動作をするのを横目で見た。私はバッグから文書を取り出して、広げた。それを持つ私の手が寒さで震えた。聴衆が席に落ち着く音がした。私は書いてきたものを声に出して読んだ。終わると、私は書類をたたんで、バッグに戻し、聴衆は拍手をした。司会者は組んでいた脚を元に戻し、真っすぐにきちんと座った。私は二つの茶色いボタンのような不透明な彼の目がしばしば私をちらりと見ているのを感じた。人々は、家に帰りたがって、すでに立ち上がり、座席の列に沿って少しずつ進んでいた。雨はまた大天幕の上を叩き始めていた。司会者は、遅く始まったので、質問の時間がなくて残念だ、と言った。さらに気乗りのしない拍手があり、それから明かりがまたつけられた。

今度は覆いのある渡り通路を通って、私たちは控室に戻った。ジュリアンとルイスが前を歩いた。司会者は私と一緒に後ろを歩いた。彼が今しがた起こったことでの自分の役割をどのように感じているのか、と私は思ったが、彼は天幕の中が非常に寒かったのは嫌だった、とだけ言った——電気の故障の後で間に合うようにそこを暖められなかったのだった。聴衆の平均年齢を考えると、不満が出るだろう、と彼は思った。時々、聴衆はこうした催しから何を得るのかと思う、と彼は続けた。彼は数回司会をして、あらゆる種類の驚くべきことを見た。最前列でぐっすり眠り、騒々しくいびきをかく人々。作家たちが舞台で話している間、座っておしゃべりしている人々。編み物をしたり、クロスワードパズルをしている人々、そしてある時には、誰かが本を読みさえしていた。催しの主催者は、多くの券を買ってもらうために、大幅な値引きをしたので、人々は何もかも全部買う傾向があった——大半は、自分たちが見に行く人が誰なのかわかっているか確かでない、と彼は言った。ある著者、第二次世界大戦の歴史家は——彼はよく知られている名前を挙げた——自分の本について話そうとするのをあきらめて、ロンドンの大空襲からの古い歌を歌い始め、聴衆に——彼らのほとんどは歌詞を全部覚えていたのだが——加わるように勧めた。彼らはテントの中で明らかに素晴らしい歌の集いを持ち、外では雨が降っていた。

聴衆が私たちが誰であるかを知っているかどうかは重要であるかわからない、と私は言った。ある意味で、書く過程の基本的な匿名性を、それぞれの読者が留まるように説得されなければならない不慣れな人として本に向かう事実を思い出させることは良いことであった。書いたり読んだりするのは非肉体的な行為であり、現実の肉体からの相互の逃避を表すと言えるかもしれないことを考えると、作家がこうした催しに伴う肉体的に姿を見せることを恐れていないことは、いつも私を驚かせた――実際、ジュリアンのような何人かの作家は、積極的にそれを楽しんでいるように見えた。司会者は盗み見るような目つきで私をちらりと見た。

でも、あなたはそうではないのでしょう、と彼は言った。

控室では、亜麻色の髪の若い男性が、私たちが前に向かって座っていたテーブルに向かって待っていた。彼は私たちが近づいて来るのを見ると、はっきりと私にそこに座らせるつもりで、椅子を引き出した。彼は自己紹介をし――彼の名前はオリバーだった――そして彼は催しのほとんどの間ずっと私たちが濡れた服を着てそこに座っているのを眺め、屈辱、正常なふりをすることに伴う屈辱について考えて過ごした、と言った。そのような状況で行うことを求められることに誰も抗議しないことに彼は驚いた。

「ルイスさえ」と彼は言った。「いつもはとても正直なのに、抗議しませんでした」彼の正直さは公の場に姿を現す恐怖に基づいていた。また、彼が本の中で明らかにしたものは、ある種の屈辱を彼にもたらしたが、実際彼は屈辱に敏感か屈辱が好きだった。それで彼は濡れたまま壇上に座っていることに抗議しなかった、と私は言った。彼は自分の臆病さと騙されることをまったくはっきりさせた。けれど、皮肉にも彼の屈辱の受けやすさはある種の公然の秘密であった。

オリバーはバーのところに立って飲み物を注文している司会者を意味ありげにちらりと見た。

「彼は何かするべきでした」と彼は言った。「それは彼の責任です」

彼は語られていることのほとんどに実際注意を払わなかったことを認めるべきだった、とオリバーは続けた。彼はこうした催しの多くに行ったことがあるが、ジュリアンとルイスはまったく同じことを言った。何故なら、彼らは明らかにプロであるから、と彼は付け加えた。ジュリアンは彼にとても親切だった。彼が何処か住むところを探す間、彼は今のところ、ロンドンでジュリアンと一緒に住んでいた。

私は以前は何処にいたのか彼に尋ね、彼はパリだと言った。彼はある男性と一緒にそこに住んでいたが、関係は終わってしまった。その関係では彼は主婦の役割をしていたので、マルクが関係を止めてしまった時、彼は自分には何処にも行くところがなく、することがないことに気づいた。

彼の年齢の人が――まだ二十三か二十四歳だったろうが――自分のことを語るには珍しいやり方だ、と私は言った。

オリバーいくぶん侘しく微笑んだ。私たちが舞台で話している間、形式が――作家のあるいは画家の――主要な特徴であると考えるのはなんと愚かなことだろうと思った、と彼は言った。世の中を経験するためには主観がより重要であり、それは個人的な新しい発見や自己認識をもたらした。そのように考えると、仕事を見つけることはそれほど怖くはなくなります、と彼は言った。ジュリアンは私がただ楽しめるものを見つける必要がある、と言っています――それが何であるかはそれほど重要でないと。

パリで過ごした三年間の前は、彼はバックパックを背負って一年間ヨーロッパを旅行した。その前は、彼は学校に通っていた。バックパックを背負っての旅は、大学への前置きのつもりだったが、代わりにパリを通って家に帰る途中、彼はマルクに出会った。今ますますその旅のことを考えるが、マルクと共にいる瞬間、彼は旅のことは忘れ、それについてまた本当に考えることはなかった。多分今、彼は事実上ホームレスなので、まるで自分の一部がそこに置き去りにされたように、自分がもう一度同じ状況にいることに気づいた時に時々何かを思い出すやり方で、その旅がまたよみがえり始めたのだった。彼は彼が泊まったホステルや、世界中から来た自分と同じ年齢の少年や少女と一緒に眠った寮や、彼らがよく行った安いカフェや市場や、バスと列車の駅の非常に忙しく交叉するところや、旅それ自体、一つの文化と気候から別のものへの長いゆっくりした移り変わりさえ思い出し始めた。そのすべての細かい詳細が彼に戻って来ていた。

彼は、会ったばかりの人々の大きなグループとある夜ニースの海岸で過ごしたことを思い出した。彼らはみんな飲んで、話していた。誰かがギターを弾いていた。海は静かに闇の中で輝き、彼らの背後には夜の街が騒音と光でひどくざわめいていた。旅の経験が彼の自己の安定感を粉々に破壊してしまい、そのために彼は自分や世の中について何か発見しようとしているように感じた。だが、彼は多くを学ばず、学んだことは満足のいくものではなかった。しかしその夜、彼が中でも一番感じたことは、自分のしていることの一貫性のなさだった。ヨーロッパで彼が行った何処でも、想像したような、損なわれていない文明ではなく、代わりに、知らない場所でさまよう混乱した人々の不完全な集まりを彼は見出した。彼が現実を知るようになった意味では、まったくは何も現実的であるようには見えなかった。だが、彼は失敗を自分のものとして経験した。というのは、彼は、期待が――物質的、文化的、社会的な――高い、安定して繁栄した家庭で育てられたからだった。安全のためにお互いにしがみついている若い迷った人々の、その秘密を語ろうとしない無言の美しい海の、それ自身の熱狂の中に閉ざされた街の不完全な像は、彼が認めるものではなかった。

誰かがジャン・ジュネの『泥棒日記』を彼に貸してくれ、その耽美主義が彼の混乱をさらに一層深めたのは、ここ、ニースであった、と彼は続けた。

「あなたはそれを読んだことがありますか」とまるでまだそれを読んでいるかのように、ギョッとした驚きの表情を浮かべて私を見て、彼は言った。

十九歳で彼はまだ童貞だった。彼はどのようにしたらよいのかわからなかったので、自分の性的特質を誰にも明かしたことはなかった。彼は同性愛者として生きることが可能かどうかわからなかった。彼は自分の内部にあるものが外的な現実になり得ることに気づいていなかった。彼が旅行するところ何処でも同様に、ニースででも、少女たちが臆病な肉体とためらいがちな指を持って、彼に近づいて来た。彼女たちが話す時、彼女たちの混乱と不確かさは、結局、自分たちが探しているものは彼の中にはないことを、自分たちの問題を解決できるほど彼は自分たちと十分に異なっていないことを、むしろ、彼は自分たちの問題をさらにひどくしていることを理解しているように見えるほど、彼自身を映しているように思われた。ジャン・ジュネの世界はそうしたことすべての拒否、自責の念のない自己表現と利己的な欲望の世界だった。それは女性を激しく裏切り、奪うことだったので、ためらいがちな少女たちと一緒にそれを読んでいる時でさえ、彼は罪悪感を感じたが、少女たちは、そんな風に男性を奪わず、彼の愛情が自分をそうしたように、むしろ満たされない愛情が自分たちを苦しめる生活を送っていると、彼は確信した。

パリに住むために大学生になることをあきらめ、起こったことの真実を両親に話すと、彼らの反応は、絶対的な非難と嫌悪であった。僕は気にしなかった、とオリバーは言った。彼の愛の渇望は非常に激しいものだったので、両親は本当には彼をまったく愛したことがないことを確信した、と彼は続けた。彼はマルクの手にまったく自分を委ねて、実質的に、自分を孤児にした。毎朝、サンジェルマンの美しいアパートで、絵画や芸術工芸品のたくさんある日当たりのよい部屋で、ベートーヴェンやワグナーの――マルクのお気に入りの作曲家で、その音楽はしばしばかけられた――音楽が開いた窓から通りへ流れる中で、目を覚まし、彼はよく本の中の登場人物、厳しい試練を切り抜けて生き残り、幸せな結末で報われる人のように感じた。それはあの晩ニースの海岸で感じたすべての完全な逆転であった。それでも、それらを、マルクのよい趣味や知性や彼の富や彼の車さえ、彼らが夏の夕べにシャンゼリゼを轟音を立てて一緒に走り、彼の父親が非常に感嘆しただろう屋根のないアストンを、心の中で両親に捧げていることによく気づいた。こうしたものは、両親の価値観だったので、彼の深い現実感と一致した。

この関係が終わり得るとは彼は思ってもみなかった。彼はそれが来る、最初の冬の兆しのような初期の寒さの感覚を、彼の人生の深いところにある何かが壊れてしまったような、正常でない、惑うような感覚を覚えていた。長い間、彼はそれが聞こえない、感じられないふりをしたが、それでも、マルクとの彼の生活は容赦なく終わりへと進んで行った。

彼は話を中断し、彼の顔はやつれて、白かった。彼の弓のような口は、子供の口のように下向きだった。長い黒いまつ毛の奥の丸い目は輝いていた。

「あなたが今夜読んだ話をどのくらい前に書いたか、僕にはわかりません」と彼は言った。「あるいはあなたが今まだ同じことを感じているかどうかも。でも――」そして驚いたことに、彼はテーブルのところであからさまに泣き始めた。「でも、あなたが話していたのは僕でした。あの女性は僕であり、彼女の苦しみは僕の苦しみで、僕はそれが僕にとってどんなに重要だったかを、自分であなたに伝えるために来なければならなかったのです」

とても大きな輝いている涙が、彼の目から滴って、頬に流れ落ちた。彼は涙を拭こうとしなかった。彼は手を膝に置き、そこに座って、涙が顔を流れるままにした。他の人たちは話を止めた。ジュリアンは身をのり出して、大きな腕をオリバーの弱弱しい肩に置いた。「おやまあ、また大噴水か」と彼は言った。「今晩はみんな濡れて、濡れて、濡れている、そうじゃないか?」彼はポケットからハンカチを取り出して、差し出した。「さあさあ、坊ちゃん、僕のために目を拭いてくれ。僕たちはダンスに行くのだ」

他の人たちは立っていた。ルイスは上着のジッパーをしめていた。友達が彼らを地元のクラブに連れて行くことになっている、とジュリアンは言って、飾り書きのついた藤色のネクタイを締め直した。そこで何を得られるかわからないが、前にも言ったように、自分は招待を断るような人ではない、と彼は言った。

彼は私に手を差し出した。

「僕たちのサンドイッチにあなたが参加して僕たちは楽しかった。あなたは僕が思っていたより噛み応えがなかった」と彼は私の指を放さずに付け加え、「そして、もっと美味しかった」

ルイスがやましい、怯えたような表情で眺めている間、彼は舌なめずりをした。ジュリアンが手を引っ込めると、今度はルイスが手を差し出した。

「さようなら」と彼は真面目なのかその真似かわからない表情で言った。

彼らは向きを変えて去り、司会者がテーブルに戻って座ったのに、私は驚いた。私は留まって、私の相手をしなければならないと感じる必要はない、と直ぐに言った。彼が他の人たちと行きたければ、私は喜んでホテルに戻るだろう。

「いえ、いいえ」司会者は行きたかったのか、そうでないのかはっきりしない口調で言った。「私はここにいるでしょう。あなたはオリバーと長い間話していました」と彼は付け加えた。

「私はまったく妬ましくなっていました」

私はこの言葉に答えなかった。彼は私にジュリアンとルイスの本を読んだことがあるかどうか、尋ねた。彼は上着のボタンをはずして、脚を組んで、椅子に深く座り、足を前後に揺らした。私は彼の靴が私の方に来て、また遠のくのに注目した。それは、新しい長い尖ったつま先の、茶色い革に穴のあけられたある編み上げのブーツだった。彼の服の他のものも高価そうに見えた。司会者のよく裁断された、ほっそりと合った上着、きちんとした襟のついた濃い色のシャツ、何か柔らかに見える贅沢な素材で作られたズボンに私が気づかなかったのは、多分ジュリアンの服装のきらびやかさのためだったのだろう。彼の顔は用心深く、彼は小さい頭をよく動かして、私を見ていた。

「どう思いましたか?」と彼は言った。私は彼らが好きだったが、彼らの違いは、正直であるには一つ以上のやり方があること示し、どちらが本当なのか私にはわからない、と言った。彼が私を好きになると思っていなかったように、私もジュリアンを好きになるとは思っていなかった、と私は付け加えた。

「ジュリアン」と司会者は言った。「それとも彼の本ですか?」

私に関する限り、二つは同じものだ、と私は言った。

司会者はボタンのような目に曖昧な表情を浮かべて私を見た。

「それは作家が言うにはおかしなことですね」と彼は言った。

私は彼自身の仕事について尋ね、彼はしばらくの間彼が編集者である出版社について話した。来週、編集長が数日留守にするので、彼が自分で仕事を行うことを任された。そういうことは毎年二、三回起こったが、それは十分に彼に確信させた――あるいは彼は確信することを必要としていなかったので、むしろ彼に思い出させた――責任を彼は避けるべきことを。同じように、彼の姉は時々小さい姪の面倒を一日か二日見てくれるように頼んだが、子供の世話を短期間することはかまわなかった。それで彼は親の経験をしたが、経験から親である責任は望まないことに気づき、子供を姉に返すことができた。

私は彼が自分の自由を非常に根気強く守っているので、それを何のために使うのか尋ねると、彼は幾分面食らったように見えた。

「私はそんなことは予期していませんでした」と彼は言った。

私の質問を考えて見なければならない、と彼は続けた。それには多分利己主義の要素があり、また同様に未熟さもあるだろう。だが、本当に正直に言えば――正直さが今晩の主題だが、と彼は大声で笑いながら言った――それは恐れだった。

何のですか？　と私は言った。

彼は奇妙なしかめっ面をした微笑みを浮かべて私を見た。

彼の父親は、公の場で一緒にいる人々に非常にきまりの悪い思いをさせるようなやり方でふるまう傾向があった。レストランや店や列車や父母の夕べにおいてさえ。彼が何をするかわからなかった。家族たちはこうした場合を前もって恐れて予想するだけだった。だが、司会者は他の人たちよりももっと恐れた。

それほどきまりの悪い思いをさせる父親がすることは正確に言えば何なのか、と私は尋ねた。

長い沈黙があった。

わかりません、と司会者は言った。私は説明できません。

何故、例えば彼が先ほど述べたお姉さんより彼がもっと不安を感じるのか？　と私は尋ねた。わかりません、と司会者はまた言った。私は不安を感じたことがわかっているだけです。何故そのことを私に話したのかわからない、としばらくして彼は付け加えた。それは彼が話さないことだった。彼の足はまだ前後に揺れていて、私はほっそりしたくちばしのようなつま先が前に出たり、後ろに後退するのを眺めていた。その間中ずっと、司会者は私たちのグラスにワインを注ぎ、今は、瓶は空だった。私はホテルに戻らなければならない、と言った。私は翌朝早い列車に乗らなければならなかったからだ。この知らせに対する司会者の反応は、明らかに驚きだった。彼は自分の時計を見た。彼の手首は頑丈なげんこつの形をした骨を持ち、白い肌は丈夫そうな黒い毛で覆われているのに、私は気づいた。考えが彼の心を過っているのがわかったが、それが何かはわからなかった。彼はクラブで他の人たちと一緒になるには遅すぎるかどうか計算しているのだろう、と私は推測した。彼は立ち上がって、私がどのホテルに滞在しているのか尋ねた。

「そこまでお送りしましょうか?」と彼は言った。

私は彼に他にすることがあるなら、その必要はない、と繰り返して言った。

「あなたは今晩中ずっとコートを脱ぎませんでした」と彼は言った。「だから、私はあなたが着るのを手伝うことさえできないのです」

外はとても暗くて、私たちの前の歩道をほとんど見ることができなかった。雨は止んでいたが、頭上の木の葉から水が激しく滴っていた。闇の中で、蛇のような根を持った道端のがっしりした幹の広がりは、林のように踏み込むことができないように見えた。司会者は電話を取り出して、その光を懐中電灯として使った。私たちは行くところがわかるように、お互いにとても寄り添って歩かなければならなかった。私たちの腕と肩は触れていた。私は何か理解できない構成要素が突然適切な場所にはめ込まれたかのように、理解し始めるのを感じた。私たちはホテルから来る明るい光の中へと道を渡った。私は門を開け、司会者は砂利を敷いた中庭へと私について来た。正面の扉に上る広い石の階段があった。私は下で立ち止まった。私は司会者に送ってくれたことに感謝し、彼から離れ、階段を上った。彼は後ろから私について来た。私は自分の背後に彼を、空中に止まり、上っていく鷹のような、暗く付きそう姿を感じた。私がもう一度ぐるりと向きを変えると、彼は二歩大股で私の方に歩いて来た。彼は何か計り知れない要素か亀裂のような空間を横切っているように思われ、そこでは物事が闇の中深く、その深みにあたって落ち、壊れた。彼の体は私の体に届き、彼は私を扉に押し付けて、キスをした。彼は暖かい厚い舌を私の口に入れた。彼は自分の手を私のコートの中に押し入れた。彼のほっそりした、強力な体は、強引というよりもしつこかった。私は彼が着ている柔らかい高価な服とその下の熱い肌を感じた。

「あなたは十代の少女のようだ」と彼は言った。

彼は長い間私にキスをした。その言葉の他には、誰も何も言わなかった。説明も愛情の行為もなかった。私はかび臭い湿った服ともつれた髪の毛を意識した。私たちの体がやっと離れると、私は離れて、扉のハンドルを回し、数インチ扉を開けた。彼は後ろに下がった。彼はにっこりと笑っているように見えた。光が溢れる闇の中で、彼は白い光でいっぱいのシルエットだった。

おやすみなさい、と私は言った。

私は中に入り、扉を閉めた。

Ⅵ

学生の名前はジェインだった。彼女はソファに座って、明らかにそれが――そして部屋の中の他のものすべてが――白い埃よけの布で覆われていることに気づいていなかった。有難うございます、と彼女は言って、一杯のお茶を受け取り、注意深く自分の傍の床に置いた。

彼女は背が高くすらりとして、細い体つきの女性で、驚くほど大きなしっかりした胸をしていて、ぴったりしたトルコ石の色のセーターがそれを強調していた。彼女はものの上のライムの実の緑色の細長いスカートをしばしば撫でていた。彼女は化粧をしていなかった。整った目鼻立ちのむき出しの皺のある顔は、心配している子供の顔のようだった。彼女の淡い髪は、長い首の優美さを見せられるように頭の上で盛り上げられていた。

彼女は私が自分と一緒に作業することに同意してくれたことに感謝している、と言った

——彼女は誰か他の人に押し付けられるのではないかと思っていた。先学期は、他の人の本の結末を彼女に書き直しさせようとし続けた小説家が指導教員だった。その前の学期は、自分の生活で頭がいっぱいなので、実際彼らの会合の一つにも出席しない伝記を書く人だった。彼は時々ガールフレンドに会いによく行くイタリアから彼女に電話してきて、電話で彼女に課題を与えた。彼はいつも彼女にセックスについて書かせたがった。多分それがたまたま彼の頭にあったテーマだったのだろう。

問題は、私は何について書きたいかわかっているのですが、と彼女は言った。彼女は中断して、お茶を少しずつ飲んだ。ただ私はその書き方がわからないのです。

居間の窓の外では、午後の空が静止した灰色がかった黒だった。時々、通りから音が、車の扉をバタンと閉める音か交わされる会話の断片が聞こえてきた。

私はどのように書くかを知ることはいつも問題であるとはかぎらない、と言った。

彼女は眉毛を弓がたに曲げ、それは引っ張られて、細くて黒い完全に描かれた曲線になっていた。

彼女が四年か五年の間に集めた資料は、今では三十万語以上の長さの記録になった、と彼女は続けた。彼女は実際に書くことを始めたがっていた。それは、アメリカの画家、マースデン・ハートレイに関するもので、驚くべきことに、ここのほとんどの人が聞いたことのない人だったけれど、アメリカでは彼の作品は主な美術館や博物館に掛けられていた。私は彼の絵を見るためにアメリカに行ったことがあるかどうか尋ねた。

私は絵にはそれほど興味がないのです、と一瞬ためらってから彼女は言った。

彼女はパリで彼の作品をいくつか見た、と彼女は続けた。そこで回顧展があったのだった。彼女はたまたま通りがかり、外のポスターを見たのだ。使われている複製画を見て、直ぐに彼女は美術館に入り、展示のチケットを買った。朝早い時間だった――美術館は開いたばかりだった――そしてそこには他の人は誰もいなかった。彼女は五つか六つの大きな絵画の部屋を一人で歩き回った。出て来ると、彼女は完全な個人的大変革を経験していた。

彼女はまた黙った。まるで私が彼女に話を続けて、正確に言って何が個人的な大変革を起こさせたのか尋ねずにはいられないことを確信しているかのように、彼女は落ち着いた様子でお茶を少しずつ飲んだ。私たちの足の下の階下で隣人が動き回っているのが聞こえた。時々扉が開け閉めされるようなバッタンという音と、大きくなったり小さくなったりする声が聞こえた。

私はパリで何をしていたのか、と彼女に尋ね、彼女は数日間講座を教えるためにそこに行っていた、と言った。彼女はプロの写真家で、短期間の講座を教えることをよく頼まれた。

彼女はそれをお金のためにしたが、また、家から離れるこうした旅は、その時はわからなかったとしても、時々自分を高めるための重要な段階になるからだった。そうした旅は彼女自身の生活に広がりを与えた。彼女は特に教えることとそれ自体を楽しまなかったが、いつもするように教えることに没頭する代わりに、旅は彼女が見ることができる何か重要なものになった。学生たちは概して非常に多くを要求し、自己執着心が強かったので、後になると、彼女は完全に消耗したと感じた。最初は、彼女が学生たちに何かを、何か良いことを、彼らの人生を変えるかもしれないことを与えていると思った——消耗した感覚は気高い疲労のように感じられた。しかし、講座の間四日か五日にわたって、連続して空っぽにされると、もちろん何か他のことが起こり始めた。彼女は彼らを——学生たちを——もっと客観的に見始めた。彼らが彼女を必要とするのは、識別力があるからでなく、自分に寄生するようなものであるように思われ始めた。実際は、自己犠牲の被害者であるのに、彼女は彼らに騙されて、自分が寛大で、疲れを知らず、活気を与えると信じさせられた、と感じた。自分自身の人生について明快に考えるようになったのは、この感覚のためだった。彼女は彼らに前よりも少し与え、自分にはもっと多く与え始めた。彼女を消耗させることによって、彼らは彼女の中に新しい利己主義の能力を創り出した。講座が終わりに近づくにつれて、まるで自分が子供であるかのように、自分を違った風に、もっと優しく大切にし始めた。彼女は自己愛が初めて沸き上がるのを感じ始めた。彼女が美術館の前を通りかかって、ポスターのマースデン・ハートレイの絵の複製を見たのは、このような状態の時だった。

彼女の講座で一緒に教えている男性がいた、と彼女は付け加えた。年上の男性で——彼女はそうした男性に対して感受性があった——彼は有名な報道写真家で、彼女は彼の作品を素晴らしいと思った。二人の間には最初から何かが、心のときめきがあったが、彼は結婚していて、アメリカに住んでいた。彼女は二年同棲したパートナーと別れたばかりで、彼は十分に彼女のことを知っていたので、最後の口論の時に、彼が彼女の性格をめちゃくちゃに軽蔑したことで、彼女は自分自身に対する評価を傷つけられた。彼女はまるで救命ボートであるかのように報道写真家の思いやりにしがみついた。彼が注目してくれることが、前のボーイフレンドの軽蔑の埋め合わせになった。最後の夜に、彼らは一緒に午前二時までパリを歩き回った。彼女はほとんど眠らなかった。彼女は非常に興奮していたので、早く起きて、夜明けの人気のない街じゅうをもっと歩き、歩いて、歩いて、やっとポスターを見て、立ち止まったのだった。

私は彼女に何の写真を撮るのか、と尋ねた。

食べ物です、と彼女は言った。

隣の部屋で電話が鳴り、私は電話に応える間席を外させて欲しいと彼女に言った。それは上の息子からで、私は彼に何処にいるのか、と尋ねた。お父さんのところ、と彼は驚いたように言った。そこで何をしているの？　と彼は言った。私は学生を教えている最中だ、と言った。ああ、と彼は言った。沈黙があった。ガサガサ言う音と彼が受話器に息をする音が聞こえた。僕たちはいつ帰れるの？　と彼が言った。私はわからない、と言った。建築業者は数週間でできるだろう、と思っていた。ここには誰もいない、と彼が言った。気味が悪いよ、と彼が言った。ごめんなさい、と私は言った。どうして僕たちは普通になれないの？　と彼は言った。どうしていろんなことがこんなに気味が悪くなければならないの？　私は何故だかわからない。私は最善を尽くしている、と言った。それはいつも大人の言うことだ、と彼は言った。私は学校生活はどうか、と彼に尋ねた。上手くやっているよ、と彼は言った。隣の部屋でジェインが咳払いするのが聞こえた。ごめんなさい、でも行かなければならないの、と私は言った。わかったよ、と彼は言った。

居間に戻ると、私は白い埃除けの布の風景の中のジェインの宝石色の服を見て、強い印象を受けた。彼女は、膝を揃え、頭を真っすぐにして、青白い指を紅茶茶碗に均等に広げて、非常に静かに座っていた。

私は正確に言って彼女がどのような人なのだろうかと思っている自分に気づいた。彼女には二つの反応しかもたらさない劇的な感覚があった――夢中になるか、立ち去るかのどちらかだった。だが、夢中になる可能性はどういう訳か難しいように思われた。私は学生の疲れさせる特質についての彼女の言葉を思い出し、他の人の中に気づく欠点によって、人々はどのくらいよく無意識に自分自身の欠点も指摘するかを考えた。私は彼女に何歳か、と尋ねた。

三十九歳だと、長い首の上の頭を挑戦的に少し上げて、彼女は言った。

私はその画家――マースデン・ハートレイ――が彼女にそれほど興味を持たせるものは何か、と彼女に尋ねた。

彼女は私の目を見た。彼女の目は驚くほど小さかった。目はまつ毛がなく、女性的ではなかった――彼女の容姿で唯一女性的でないものだった――そして沈泥の色だった。

彼は私です、と彼女は言った。

私はどういう意味か、と尋ねた。

彼は私です、と彼女は言い、それから少しイライラして付け加えた。私たちは同じなのです。奇妙に思われることはわかっていますが、人々が繰り返されないという理由は実際ありません。

彼女が一体感のことについて言っているのなら、彼女は正しい――例えば、本の中の登場人物のように、特にこうした他の人が自分から離れて存在した場合、他の人の中に自分を見るのは十分によくあることだ、と私は言った。

彼女は一度不満そうに首を振った。

そういう意味ではありません、と彼女は言った。

彼女が彼の絵に興味がないと前に言った時、彼女が言おうとしたことは、彼女は絵を芸術として客観的に見ないということだった。それらは思想、彼女が見ることができる思想のようなものだった。それらを見ることによって、彼女はそうした思想は自分自身のものであると、気づくことができた。美術館で、展示の学芸員は様々な評論的な解説や伝記的な文書を壁に掲示していた。彼女は一つの部屋から次へと移る時に、それらを読み始め、最初は彼女の人生とマースデン・ハートレイの人生は実際何もまったく共通するものがないことに気づき、失望した。彼の母親は彼が小さい時に亡くなっていた。彼女の母親はまだ生存して、タンブリジ・ウエルズで元気に暮らしていた。彼の父親は、彼が八歳か九歳の時に、再婚し、少年を捨てて、新しい妻と共に国の異なる地域に行き、彼を親戚に育てさせた。彼は成長すると、同性愛者になり、彼の人生で性的な満足をほんの数える程度しか満たすことができなかった。ジェインは女性であり、まったくの異性愛者で、彼女が全部思い出すことができたとしても、注意して数えられる以上の男と寝た。成人した人生のほとんどの間、彼は事実上貧しい生活をし、長い期間フランスやドイツで過ごし、お金がなくなった時にだけ、アメリカに戻った。彼女は少ないが安定した収入のある中流階級のイギリスの女性で、旅をすることは好きだったが、外国に住もうとは思ったことはなかった。中でも、彼はその時代の有名人の多くと――有名な画家や作家や音楽家と――付き合いがあり、そして、これはジェインが考えるのがかなりつらいと思うことだった。というのは、彼女の人生の最大の不満の一つは、正直に言えば、興味深い人々を欠いているということだったからだ。マースデン・ハートレイがよく訪れたような世界に属したいという願望は非常に大きかったので、まるで瞬きをすると、その世界が彼女の傍を通り過ぎるのを逃してしまうのを恐れるかのように、彼女は自分が準備して用心深くしているのに、永遠に欲求不満な状態に置かれているように感じた。マースデン・ハートレイの生活は不幸だったかもしれないが、彼女の生活と違って、そこにはこうした種類の慰めと機会が含まれていた。

また、彼は亡くなっています、とジェインは言った。

私たちはしばらくの間黙って座っていた。ジェインは、まるで他にすることがないかのように、紅茶茶碗を持っていたが、中でお茶はさめていた。彼女は絵を、その奇妙で少しけばけばしい色彩とそして盛り上がった形を、その内に秘められているもの、それでいて形の素朴で子供のような率直さを思い出し、親しみやすさと不調和の組み合わさったこの感覚を検討しようとした、と続けた。絵の多くは海のもので、それは彼女の混乱をさらに深めた。彼女は海の近くに住んだことはなく、また海の風景に影響を受けたこともなかった。それからついに、彼女は嵐の中の船を描いた小さい油絵に出会った。それは素朴な様式で描かれていた――船は子供の玩具の船のようで、波は子供が描くような渦巻飾りの波で、嵐は頭上の非常に大きな白い輪郭のはっきりしない形だった。彼女は絵の傍の解説を読み、そこにはマースデン・ハートレイが毎年ノバスコシアを訪れる話が書かれていたが、そこで、彼は夏の数週間をその土地の漁師の家族と共に彼らのコテージで暮らし、そこで――この家族と一緒に――彼は本当の幸福と今まで知らなかったような帰属感を味わった。家族の息子たちとたくさんの従兄弟たちは、彼を受け入れて友達になったが、彼は青ざめた神経衰弱の精神を病んだ芸術家であり、彼らは背が高くがっしりした顔立ちのよい偏見のない情熱を持った田舎の男たちだった。その自然のままの人里離れたところで、彼らの家は動物の巣のように温かく自然で、パリのガートルード・スタインのソファの正反対だった――そこにマースデン・ハートレイは時々座ったのだが――そしてこの温かい動物のような陽気さは、マースデン・ハートレイの性的な孤独にも及び（彼らはおそらく楽しく女性や馬と性交したらしいことを、彼は一度思い出していた）そして、孤独を和らげたことが暗示された。こうした夏の訪問のある時、マースデン・ハートレイはコテージでその日絵を描いている間に、兄弟たちは従兄弟の一人と共に船出して、捕ったものを下ろし、そして三人全員が激しい嵐で溺死した。

認識の大変動――彼女が大改革と呼ぶもの――を起こしたのはこの話だった、とジェインはしばらくしてから言った。彼女自身の人生の文字通りの事実を描写するよりも、マースデン・ハートレイはもっと大きくてもっと重要なことをしていた。彼は事実を劇的に表現していたのだった。

私は特にこの話の何がそのような結論に彼女を導いたのか、と尋ねた。

それはとても無意味で無益で、悲しいように思われます、と彼女は言った。ほとんど本当であるのが恐ろし過ぎます。私はそれが何を意味するか、彼が経験してきたすべての後で、他の誰かではなく、何故、それは彼に起こったのか苦労して解明しようとしました。彼は母を失くしていて、父は彼を捨て、彼は何度も恋人を見つけて持ち続けることに失敗しました――彼の友達の一人――彼のことを気にかけてくれる人さえ、彼を拒否せずにはいられず、その友達自身が、彼を拒否し、彼の何かが人々にそうさせる、とかつて書いていました。こうしたことを読んで、私はわかり始めました、と彼女は言った。何かを愛すると、彼はそれを追い払ってしまうのでした。そこに立って、私は、私自身の人生を書かなければならないのなら、――前にも言ったように、用いる例は彼のよりずっと劇的ではないけれど――それとまったく同じ言葉を使うだろうということに気づきました。

彼女が話している間、強力なくさい臭いが居間をいっぱいにしていた。それは地下のフラットから出ていた。私は謝って、階下の人たちは時々――少なくとも遠くからは――かなり不快な臭いのするものを料理することを説明した。

それは何かと私は思いました、ジェインは思いがけなくいたずらっぽい微笑みを浮かべて言った。それは庭で捕まえたものに違いありません。何故なら、料理した時それほど嫌な臭いのするものを他に知らないからです、と彼女は付け加えた。彼女が子供だった時、母親は動物の骨を――リスやネズミや一度はキツネの頭まで――それらを描くためによく茹でた。その臭いは丁度あんなふうでした、とジェインは言った。

もし彼女が嫌なら、私たちの会話を終わらせるために、直ぐに外に出て、どこかにカフェを見つけられるだろう、と私は言った。

そうしたくはありません、と彼女は直ぐに言った。申し上げたように、私は実際そのような臭いによく慣れているのです。

彼女の母親はかなり成功した画家だった、と彼女は続けた。母親が本当に関心があるのは仕事だけだった――彼女は多分子供を持つべきではなかったが、ただし当時は、それがみんなのすることだった。彼女は私のすることをたいしたものだとは考えていません、とジェインが言った。最近ジェインがウェイトローズのクリスマスのパンフレットの写真を撮ることを依頼されたことさえ、彼女を感心させなかった。ともかく、母は食べ物が嫌いなのです、とジェインは言った。私たちが育つ頃、何も食べるものがありませんでした。冷蔵庫さえ死んだ動物でいっぱいで、私たちが食事に食べたいようなものはありませんでした。他の子供たちは冷蔵庫の中に指の形をした菓子や選り抜きのものを見つけた。ジェインは半分分解された害獣を見つけたのだった。マースデン・ハートレイの飢えの経験は類似のもう一つの拠りどころだ、と彼女は付け加えた。彼は食べ物に取りつかれると同時に食べ物を恐れるようにさせられた。彼は飢えの経験を機会がある時に食べ過ぎることによって埋め合わせした。生の終わりに、彼は死ぬまで食べたと言われていた。それは劇的な表現のもう一つの例だった。ジェイン自身も食べる問題を抱えていた——女性は持たないものを——だが、彼女の場合は意志と制御の問題ではなく、あるいはそんな風には始まらなかった。彼女の母親が精神的に、そしてしばしば肉体的に不在だったために、その結果、彼女は子供の頃十分に食べ物を与えられなかった。大人になると、彼女は飢えと食べだしたら止められないのではないかという思いに付きまとわれた。

私は食べる代わりに食べ物の写真を撮るのです。

マースデン・ハートレイが死ぬまで食べたということを読んで、彼女は実際何が起こったのかもっと見つけようとした。彼女は彼の画法や影響や発展の段階や転機についての数えきれないほどのページを骨をおって読み進めたが、どれにも彼の食べる問題についてはそれほど書かれていなかった。それでは、それを表す言葉はないのだろう、と私は思いました、と彼女は言った。すべての写真の中にジェインは彼を見たが、彼は上を向いた、鳥のような顔をした背の高い痩せた男性だったが、それからある時ついに、彼女は白黒の彼の晩年の写真に出会った。彼は何もない、白い空間に立っていた——それは美術館のように見えたが、ただ壁には絵は何もなかった——そして彼は非常に大きな体の上にボタンで留めた大きな黒いオーバーを着ていた。痩せた首の上の頭が上から出ていたので、それはその下の体からほとんど切り離されているように見えた。彼の顔は、年は取っていたが、多かれ少なかれ、変わっていなかった。実際どちらかと言えばむしろ、それは子供のように見え、その苦しみの表情はありのままだった。それは、肉体の大きな岩の中に閉じ込められた、苦しんでいる子供の写真だった。

すべての本から彼女が学んだことは、他のこと、彼女が本当に予想していなかったことで、それは孤独の物語は人生の物語よりずっと長いというものだった。ほとんどの人が普通の人生という意味で、と彼女は言った。子供やパートナーがいなければ、有意義な家族や家庭がなければ、一日は永遠に続き得る。こうしたもののない人生は、物語のない人生、何もない人生——物語の経過も筋の展開も夢中にさせる人間のドラマも——時が残酷に過ぎていくのを和らげるためのもののない人生。彼の人生は自分の仕事だけだったが、結局、彼は他の人よりももっと有効に時を使ったと感じた、と彼女は言った。彼は六十代で亡くなったが、彼の人生について読んでみると、彼の人生は千年も続いたように思われた。彼女が羨ましく思った社交生活も魅力がなくなり出した——その浅はかさ、同じ部屋の競争心の強い顔、単調な繰り返し、成長の欠如、優しさと親密さの欠如。

孤独は、何も自分の心に残らない時、自分の周囲のものが何もうまくいかない時、そこにいるだけで物事を台無しにしてしまうと思い始める時です、とジェインは言った。それでも、率直に言って、家を売る時が来たら燃やしてしまった方が良いようなむさくるしいところに一人で住んでいる母を見ると、孤独に仕事をしていて幸せな人を見るのです。誰も自分にそれをわからせようと強制しなかったので、自分にはわからない何かが彼女にはあるようです、とジェインは言った。

私はパリでその朝美術館で違った画家が展示されていたら、彼女は違った話、あるいは少なくとも同じ要素を違ったやり方で組み合わせた話を考えたかどうか、尋ねた。

彼女は不可解な目で私を黙って見た。

それがあなたの考えることですか？　と彼女は言った。

私は実際マースデン・ハートレイの絵を見たことがあった。数年前、ニューヨークの美術館で見たのだった。私は休暇で夫と子供たちと一緒にそこにいて、雨を避けるために美術館に入ったのだ、と私は言った。その絵は海の風景だった。それは白い水のうねる壁、その激しい広がりはどこまでも続いている青と緑のひし形が散らばって立ち上る堆積を見せていた。私は立ってその絵を眺めていたが、まだ小さかった子供たちはだんだんイライラしてきた。私はその中にその意味が胸を串で刺すように私を貫く兆しを見たように思われた。実際、私はそれを、集まって一塊になる、荒れ狂う白さ、立ち上り、砕けることを止められないことが、その逃れられない運命を作っている波を、今でもまだ見ることができた。芸術家の描く世界の虜になることはまったくあり得ることだ、と私は言った。愛のように、理解されることは、自分が再び理解されないという恐怖を創り出す、と私は言った。だが、前にもそれ以後も、私を丁度同じように深く感動させた絵は他にもあった、と私は言った。

私は三万語の記録を作ったのです、と彼女は冷たく言った。それを投げ捨てることはできません。

地下室からの臭いは耐え難いものになったので、私は立ち上がって、窓を開けた。私は人気のない通りを、駐車している車の列を、葉を落としているので、枝がぼろの服から出た手足のように見え始めた木々を見下ろした。

何故できないのですか？　と私は言った。

私はそんなことは聞いていません、と彼女は言った。私はそんなことは聞きたくありません。

私がぐるりと向きを変えると、埃除けの布のうねりのある風景の中の彼女の姿が、青と緑の彼女の服で乱された白さが目に留まった。彼女の顔は打ちひしがれていた。

言うまでもなく、彼女は自分の好きなことができるし、私はできる限り彼女の手助けをするだろう、と私は言った。

でも、私は時間を無駄にしています、と彼女は言った。

時間を無駄にしているのではなく、と私は言った。時間を使っているのでしょう。

私は彼女が報道写真家と一緒に過ごした夕べ、彼女がマースデン・ハートレイを見つける前の夜について話してくれないかと頼んだ。

彼女はいぶかしげに私を見た。

何故そのことが知りたいのですか？　と彼女が言った。

何故なのかはっきりとはわかりません、と私は言った。

彼女はため息をつき、トルコ石の色の胸が上がって、下がった。

それは講座の最後の夜で、それを記念する飲み物が出るレセプションがあった、と彼女は言った。夏のことで、パーティーは建物の外の庭で行われたが、それはサン・ミッシェル広場の傍の川の近くだった。庭は黄昏時にとても美しく、講座のスポンサーはシャンパン製造業の会社だったので、飲み物はシャンパンが出された。彼女はフゲール通りで前の日に買った白い美しい服を着ていた。彼女の前のパートナーがその日前に電話で話した時、彼女は自分の容姿と男を惹きつける能力しか気にかけないと言って、彼女をなじったのだが、彼女はわざわざホテルに戻って、着替えてきた。報道写真家は、そこにいて、サン・ミッシェル並木道の車の音が微かに聞こえる、優雅で香しい庭でシャンパンを飲んでいたが、また——思いがけなく——彼女が嫌いな人、故郷のイギリスから来た男、一緒に働いた時、彼女を侮辱して、彼女の仕事を傷つけた仲間の写真家もいた。彼女は彼がそこで何をしているのかわからなかったが、彼は有名な報道写真家に接着剤のように張り付いていた。それでも、前の日々に彼女自身と報道写真家の間に注意深く織られた惹きつける力の糸はそのままだった。彼らはしばしばお互いをちらりと見て、お互いの目が合った。そしてそれから別の時には、お互いをまったく見ず、自分たちの体が意識していることを表すままにしていた。彼女は白い服を着た花嫁のように、有頂天で、確信に満ちていた。数人の学生が彼女に近づき、彼女の仕事を誉め、彼女がどんなに彼らを手助けしてくれたかを告げた。一時間かそれ以上の時間が過ぎた。パーティーは人が少なくなり始めた。彼女は報道写真家が来て、彼女に話しかけるのを待っていたが、彼は来ず、時間が経つにつれて、彼は来ないのではないかという思いが、冷たく彼女に忍び寄り始めた。この思いを避けるために、彼女は自分から彼を探そうと決めた。高揚感と彼女のその状態に留まろうとする決意は、注意を要し、失望させる現実よりも強力だった。彼はまだ彼女の敵――イギリス人の男性――彼女がいつもそのたるんだ太鼓腹と大きな黄色い不ぞろいの歯を肉体的に嫌だと思う中年の堕落したように見える人物――との会話に閉じ込められていた。彼は馬のように二人を遮り、唇を後退させて、報道写真家の言うことには何でも笑っていた。

彼ら三人は――イギリス人の男は離れるつもりはまったくなかった――レストランに行こうと決めて、パーティーから離れ、報道写真家の知っている小さいレストランへとサン・ミッシェル並木道を歩いて上った。そこは騒々しく、目障りな照明の店で、鏡や金属を思わせる表面がたくさんあった。彼女は二人の男性とテーブルに向って座り、報道写真家の注目を求めるあからさまな戦いに、自分が勝つとわかっている戦いに没頭したが、長く思われた二時間後に、報道写真家は彼女の方に身をかがめて、彼女の手首に軽く手を置き、彼女は何も食べていない、と心配そうに言った。確かに、彼女の食べ物は、まったく皿の上に手を付けられていないままだった。その小さなレストランは、ロマンティックではなく、旧式なところで、そこの料理は一九七〇年代の料理の本、彼女の母親の世代の女性が持っていたような料理の本の写真のように見え、実際彼女の子供の頃の家にはその記憶に残る一例があった。彼女の父親がある時点で、母親のために『コルドンブルー料理法』という題名の製本された本のシリーズを予約購読する手続きをしたのだった。

彼は必死だったに違いありません、と彼女は微笑んで言った。

本は毎月浮き出し模様の堅い表紙のホルダーに入って届き、彼は読まれていない本の隣にそれぞれを並べ、本棚全部がその本のセットでいっぱいになった。ジェインが知る限りでは、母親はこうしたホルダーを一つも開けたことがなかった。それらを見る唯一の人はジェインで、放課後の午後、台所に一人で座って見たが、その時母親は絵を描くスタジオにいて、父親は出て行って再婚し、立ち去った。長い間、何故彼はその見栄えのする有名な本を——その到着と埋葬を彼は非常に儀式ばって取り扱った——彼が去る時に持っていかなかったのだろうか、と彼女は思った。その当時、彼女はそうした本に触れることを許されなかったが、今では本は汚い台所の棚に埃をかぶって、侘しくのっていた。彼女はそれらは見捨てられたのだということがわかった。彼女はよく座ってページをめくり、カスタード、クリーム、果物などが入ったパイやウエリントン風牛ヒレ肉の包み焼きやポテトのグラタンのけばけばしい写真を、驚くべきで当惑させるように非現実的な色を、起こらなかったか、あるいは彼女がどういう訳か見逃したか自分でもどちらかわからない何か歴史を思い起こさせる写真の粒子の粗さを注意深く見た。時々、写真には料理の操作をしているように見える手が見えた。それは磨かれてうまく切られた爪のある白い手で、小さくて、清潔で、無性だった。それは跡を残さず、あるいは代わりに跡を付けられたものに触れた。その手は清潔で、魚の内臓を取っても、あるいはトマトの皮をむいても、汚れないままだった。報道写真家が彼女の手首に触れた時、奇妙なことに、彼女はその手を思い出した。

イギリス人の男性はその思わせぶりな動作をよく見ていたが、三十分かそこらで、去るために立ち上がった。

あなたがたはもう付き添いを望まないように思われてきました、と彼は黄色い歯をむき出して、不機嫌に言った。彼はテーブルを押しのけてゆっくり進んだので、ナイフやフォークがカタカタと音をたて、ワインがグラスの中でバシャバシャはねた。彼はジェインの目を真っすぐに見た。元気で頑張ってください、と彼は言った。

報道写真家が勘定を払った後、彼ら二人は暗い暖かい街へと出た。彼はバーを探そうと提案した。今ではとても遅かったので、探すことは無駄だということがわかった――彼らのどちらもパリをよく知らなかった——そして代わりに目的もなく歩いた。彼らは一緒に寄り添って歩いたので、時々腕が触れた。彼女は彼の心にあるものを、彼が自分を十分に注目してくれていることを感じた。彼らは何か同意に、避けがたい何かに向かって、それに達することなく歩いていているように思われた。ある時点で、彼は立ち止まり、脇道の闇の中で彼女の肘を掴んで止まらせたが、それはただ、彼の靴の紐を結び直すことができるようにするためだった。彼女は自意識が強くなり始めた。前には確かであるように思われた誘惑がどのようにして起こるのだろうか、と彼女は思った。突然彼は非常に年を取っていて、多分自分の年齢の倍くらいであることに、彼女は気づいた。ある時点で、彼は当惑しているのを見つけられるのを恐れるかのように、小さいミントをそっと口に入れたことに彼女は気づいた。彼の興奮は明白だったが、その下に固定して動かしがたい何かが、彼女にはどのようにして入り込めるかわからない何か障害があった。結局二時間歩いて話した後で、彼らはホテルの外に立っていることに気づいた。彼はもう十分かそこらロビーでもぐもぐ言うような話し方で話をした。それから、彼は素っ気なく彼女の頬にキスをして、おやすみなさいと言って、寝に行った。

彼女は自分の部屋に行き、興奮した用心深い状態で、天井を見つめて横になっていた。それから、すでに私に言ったように、夜明けに起きて、一人でまた街を歩き回った。

私は歩いている時に報道写真家は何について話したのか彼女に尋ねた。

彼の妻についてです、と彼女は言った。彼女がどんなに知的であるかについて。そしてどんなに彼女は才能があるかについてです。

ある時点で、彼と妻は一時期別れて暮らしていたことを、彼はジェインに話した。彼女は彼に何故かと尋ねた。それは仕事のためだ、と彼は言った。妻は昇進して、国の反対側に行かなければならず、彼にはここヨーロッパでしたいことがあった。彼らは、それぞれ異なるプロジェクトに従事して、二年間別れて暮らした。その時が終わると、彼らはワイオミングの家でまた一緒になった。彼女は大胆にも不倫があったかどうか彼に尋ねた。彼はそれを否定した。声高に、と彼女は付け加えた。

その時、彼は良い報道写真を撮り、誠実であるけれど、嘘つきで、自分は心を動かされない、与えずに取る、欲深い子供のように自分自身を蓄えようと決めていることがわかった、と彼女は言った。彼は私と寝たがっていましたが、そのことを徹底的に考えて——きっと経験から——それは危険すぎると思ったのです、と彼女は言った。

私はこの自信をなくさせる出会いの後で、何故そのような興奮を感じたのか、と彼女に尋ねた。

わかりません、と彼女は言った。それは褒められているという感覚だったと思います。

彼女は窓の方をじっと見ながら、顔を上げて、しばらくの間黙っていた。私よりも重要な人から褒められた、と彼女は続けた。何故なのか、わかりません、と彼女は言った。そのことは私を興奮させました。そのことはいつも私を興奮させるのです。そのことから何も得られなくても、と彼女は言った。

彼女は時計を見た。遅くなりました。行かなければ、あなたの邪魔をするべきではありません、と彼女は言った。彼女はバッグを取り、埃除けの布の中に立ち上がった。

彼女は私たちの会話を考えて、話したことの何かが書き始めるきっかけになるかどうか考えてみるべきだ、と私は言った。きっとそれは直ぐにはっきりしてくると思う、と私は言った。

有難うございます、と彼女はほっそりとした指で軽く私と握手した。彼女は私の言ったことを信じていないことが私にはわかった。

私たちは玄関に行き、私は彼女のために扉を開けた。下のフラットの隣人たちが、灰色の午後、コートを着て、みすぼらしく外の歩道に立っていた。扉の音で、彼らは振り向き、彼らの顔は厳しく、疑い深そうだったが、ジェインは彼らの目つきを傲慢に見返した。私はパリの庭の黄昏時に白い服を着て、心を動かされない彼女を、壁に掛けられた絵のように、理解されないなら少なくとも称賛する人間の眼差しを切望して待っている人物を想像した。

Ⅶ

建築業者のトラックが故障してしまった。それはいつも起こる、と親方のトニーは言った。私たちはトニーの光る栗色のアウディに乗って、いくつか材料を買うために金物類の倉庫に向かっていた。

「これは良い車です」と証明するためにハンドルから手を放して、彼は説明した。車の中は清潔な黒い革だった。「僕は決して故障しない車を買います」とトニーは言った。「そして、何が起こるか見るのです。セメントを取りに行かなければならないのは僕だ」

それより前に、私は通りに立って、彼がトランクの内部を埃除けの布で注意深く覆うのを眺めていた。

「アルバニアの刺客が、彼が殺した人の血で汚れるのを防ぐためにトランクを布で覆うように」彼は印象的な白い歯を見せて大きく口を開けて言った。「二つの体を乗せる余地がある、と彼は意味ありげに付け加えた。彼は扉のところで地下のフラットを指さした。「アルバニアで」と彼は言った。「僕はああいう人たちを知っています。格安品だ」

　私たちはラジオをつけて、ゆっくり進む車の流れの中に座っていた。トニーは彼の英語を上達させるためにラジオをつけたままにしているのだ、と言った。彼の娘は彼よりも英語を上手く話し、彼女はたった五歳だった。「五歳だ！」と彼は革のハンドルを叩いて、叫んだ。「驚くべきことだ！」

　灰色の街路が私たちの脇を少しずつ進んだ。トニーは街路をしばしばちらりと見て、席で体を真っすぐ伸ばした。彼は指を一本革のハンドルに置いて、ミラーレンズのサングラスをかけ、体を真っすぐにして運転した。彼の大きくてがっしりしたももは心地よさそうに完璧なV字形に広げられていた。彼は力強い胸と突き出た前腕が見えるぴったりした赤いTシャツを着ていた。

「僕はイギリスが大好きだ」と彼は言った。「イギリスのケーキが一番好きだ」彼はにやりと笑った「特にハイジャックが」

「フラップジャック（鉄板で焼いたケーキ）と言いたいのでしょう」と私は言った。

「フラップジャック！」と彼は頭をのけぞらせて、有頂天に叫んだ。「そうです、僕はフラップジャックが大好きだ！」

彼の娘は学校を楽しんでいる、と彼は続けた――彼女はいつも学校のことを話していた。朝、娘がきちんと制服を着て、階段の上に座って、待っているのを彼は見るのだった。彼女は十四歳の生徒の何人かよりもよく読める、と娘の教師は彼に言った。

「僕の娘は」と彼は自分のたくましい胸をついて言った。「イギリス人より英語がよく読めるのです」

一家は三年前にイギリスに移住してきた。来た時に知っている唯一の人は、ハーロウに住んでいるトニーの義理の姉だけだった。それ以来、トニーは兄弟や従兄弟にもここに来るように説得した。彼は自分の親族を自分の傍に置いておくのが好きだったのだ――彼は数か月ごとにアルバニアに戻ったが、そこに着くまで休みなしにアウディを運転した――だが、イギリスは彼の妻にとってそれほど良いかどうかわからなかった。

「彼女は慣れない」彼は言った。

彼女はイギリスに慣れないのでしょう、と私は言った。

「そうです」と満足げに頷いてトニーは言った。「その通りです」

彼女は自分の家族に頼って、イギリスに慣れない、と彼は続けた。彼女は友達ができず、自分一人で何処かに行くことを怖がった。彼女は娘の学校にさえ行こうとしなかった。車で娘の送り迎えをして、集合《アセンブリング》に行くのもトニーだった。

集会《アセンブリー》でしょう、と私は言った。

「僕は」と彼は大きく口を開けて笑いながら言った。「集会が好きだ」

娘と違って、彼の妻はまったく英語を話せなかった。

「そして娘は」と彼は言った。「アルバニア語を話さないのです」

彼女は少しのことは理解できたが、英語が彼女の知っている言葉だった。

それでは、実質的に奥さんとお嬢さんはお互いに話すことができないのでしょう、と私は言った。トニーは目は道路を見ながらゆっくりと頷いた。

「言い換えればね」と彼は言った。

倉庫でトニーが建築業者の注文したものを取りに行っている間、私は待っていた。私が勘定を払い、私たちは戻るために出発した。道で小さい使い古したトラックが私たちの丁度後ろに現れて、クラクションを何度も鳴らし、それから車のハンドルを急にきったので、トラックはトニーのアウディに近づいた。運転手は腕を振り、開いた窓から身をのり出して叫んだ。彼は精巧な黒い口髭をはやした小さい海賊のような男だった。トニーは笑って、ボタンを押したので、電動の窓がスーッと下がった。彼ら二人は一緒に走り、前後に揺れながら外国語で叫び、その間近づいてくる車は抗議して耳障りなクラクションを鳴らした。間もなくトラックは速度を上げて遠ざかり、荷台にのせてあるものが――ガラクタの袋や古い家具や壊れた厚板やがれきの山が——激しくはためく防水シートの下で上下に揺れた。

「あれはカプトです」と騒がしい窓をまた閉めてトニーは言った。「彼は頭がおかしい。アルバニア人にとってさえ」

カプトは決して彼のトラックを離れない、とトニーが言った。彼はトラックを一日中、一晩中、街の中をあちこち乗り回し、ガラクタを集めていた。ガラクタは百パーセントこの人々にとって問題だった。非常に多くの規則があり、廃棄物を運ぶ容器を得るにはたくさんお金がかかった。カプトに来て持って行ってもらう方が安かった。

私は彼がそれを何処に持って行くのか、と尋ねた。

「彼は野原が見えるまで運転するのです」とトニーはウインクしながら言った。

ここの人々とは違って、アルバニア人は働き方を知っている、とトニーは続けた。カプトは家さえ持っていなかった。彼のトラックが彼の家だった。そんな風にして彼はもっとお金を稼いだ。彼はお金を全部彼の村に送った。トニーは顔をしかめた。

「カプトの村はひどいところです」と彼は言った。

トニー自身も平日は毎日働いた。建築業者は彼の唯一の雇用者ではなかった。彼は人々のためにあらゆる種類の仕事を——建築業者の客も含めて——余分にした。彼とパベルと彼の兄弟は、翌年自分たちの建築の会社を設立するつもりだった。トニーはニヤリと笑った。

「パベルはいつも故郷に帰りたいと言っています」と彼は言った。「でも、僕はそうさせません。僕は彼の道具を僕の家に鍵をかけて置いているのです。時々真夜中に彼はやって来て、扉を叩くのです。でも、僕は彼を入れません。彼はそこに立って、叫び、道具を返してくれと頼むのです。僕は窓から頭を出して、おい、叫ぶのをやめろ。娘を起こしてしまう。娘は英語で夢をみているのだ、と言うのです」

彼は大きな声で笑った。私は何故パベルは故郷に帰りたいのか尋ねた。

「彼はホームシックトラックなのです」とトニーは言った。

「ホームシックでしょう」と私は言った。

パベルは建築業者が仕事をするために送ってきたもう一人の男だった。彼は小柄で無口で憂鬱そうな人で、トニーが来るのを待つ間、灰色の夜明けに戸口の上り段に座って本を読んでいるのを時々見かけた。最初の日に、トニーは彼が取り壊しと剥ぎ取りを行い、パベルが改築と修復を行う、と説明した。

「破壊――」とトニーは大きく口を開けて笑い、手を自分の胸に置き、それからパベルを指して――「建築！」と言った。

パベルはトニーの車の荷物を下ろすのを手伝うために出て来た。彼らは立って、セメントの袋をよく調べ、パベルは質問をした。

「英語で！」とトニーは命令した。「英語で話せ！」

トニーは今日床を剥がすつもりだと私に言った。私はたくさん音がするかどうか、尋ねた。彼はニヤリと笑った。

「百パーセントです」と彼は言った。

私は地下のフラットに下りて行き、扉をノックした。犬がキャンキャン鳴く声がして、それから長いこと経ってから、近づいて来る重い足音がした。ポーラが扉を開けた。私を見ると、彼女の顔には嫌悪の表情が浮かんでいた。

「ああ、あなたなの」と彼女は言った。「何の御用？」

私は今日少し音がするだろうと、説明し始めたが、彼女は私を遮った。

「ジョンが苦情を言うために委員会に電話をしているのよ」と彼女は言った。「そうじゃない、ジョン？」と彼女は背後に向かって叫んだ。「彼は委員会の人にここに来て、それを止めさせるように頼んだの」

彼女は腕を組んで、私を見ながら戸口に立っていた。

「それは許されるべきではないわ」と彼女は言った。

足を引きずって歩く音がして、彼女の後ろにジョンが現れた。

「どけ、レニー」と彼はしわがれ声で犬に言った。

「あなたのような人は」とポーラは私に言った。「私の気分を悪くする。あなたのような人のやり方は」

「要は」とジョンが言った。「私たちはここに四十年近く住んでいるのだ」

「あなたが足を踏み鳴らす音が聞こえるわ」とポーラが言った。

「あなたは多分靴さえ脱がないのでしょう。あなたは多分特別のハイヒールを履いているのでしょう。この前の夜、上のあなたのところに誰かいましたね」と彼女は言った。「男だった。私は彼の声を聞いたのよ。実に嫌だわ」

「あなたも知っているように、私は病気なのだ」とジョンが言った。

「あなたが男といるのが聞こえたわ」とポーラが言った。

彼女は馬鹿げた甲高い笑い声をあげて、自分の頬に指をパタパタさせた。

「あなたは人を馬鹿にしていると思うでしょうが、そうではないわ」

「私は癌を患っているのだ」とジョンが言った。

「彼は癌を患っているのよ」とポーラは彼を激しく指さして言った。「そして、あなたは上でハイヒールを履いて踊り回り、男たちに身を委ねているのだわ」

「私は具合が良くない」とジョンが言った。

「良くないのでしょう、ジョン？」とポーラは言った。「でも、癌を患っているどうかなんて気にしない人たちもいるわ。彼らはただ騒ぎ立てるだけよ」

私は床を防音にすれば、二つのフラットの間の音は少なくなることを説明しようとした。

「ああ、あなたの言うことなど聞いていないわ」とポーラは言った。下のここに住んで昼の間も夜の間もずっと、あなたの声を聞いて、もう十分だわ。それは私の気分を悪くさせる」と彼女は言った。

「あなたの声は」

彼女は興奮してきた。まるで彼女の中の何かが高まって広がり、生まれたがっているかのように、彼女の大きな体が少し悶え、頭が左右にねじれるのを、私は眺めていた。彼女は自分を駆り立てているのが私にはわかった。彼女は自分が自由であることを自分自身に証明するかのように、境界線を越えたがっていた。私は黙ってそこに立っていた。彼女は口をすぼめ、私に唾を吐きかけようと思っているのではないか、と私は感じた。そうはせず、彼女は扉の縁を握り、顔を私の顔のほうに傾けた。

「あなたは私をむかむかさせるわ」と彼女は言って、できる限り強く扉をバタンと閉めた。

私は階上に戻った。トニーは金槌を手に持って、プラスチックのタイルをはがし始めていた。私は彼に多分今日は床をするべきではないだろう、と言った。彼は止めなかった。彼は次々とタイルをはがし、自分の傍の山にタイルを放り投げ続けた。

「あなた次第だ」と彼は言った。「でも、昨日彼らに話したら、わかったと言いましたよ」

私はそれを聞いてとても驚いたと言った。

「彼女は僕とパベルに一杯お茶を持って来てくれた」トニーはニヤリと笑った。「彼女は何故誰も僕たちの面倒をみないのか、と尋ねましたよ」

まあ、彼女は今日委員会に電話して苦情を言うと脅したわ、と私は言った。

トニーは仕事を止めて、手に金槌を持って、ひざまづいた。彼は私の目を見た。

「僕とパベルが」と彼は言った。「僕たちが引き受けますよ」

私は出かけて、地下鉄の駅の方へ歩いて行った。地下鉄にはプラットフォームと通りの間を重苦しいほどゆっくり上り下りする古いエレベーターがあった。新しいエレベーターが設置できるように、駅は次の年に閉鎖されることになっていた。入り口の掲示には閉鎖は九か月間続くだろうと書かれていた。毎朝毎晩、こぎれいな服を着た人々が、駅の出入り口からどっと出たり入ったりしたが、通勤や通学のためだった。彼らは書類鞄や学生鞄やコーヒーカップを持って、歩道を足速に歩きながら携帯電話で急いで話をしていたので、彼らのいつもの日常生活がそこに日課として固定されているような印象を受けた。駅は彼彼らの日課に不可欠だったので、将来それが閉じるという警告をする掲示を通り過ぎる時、彼らは何を感じるのか、と私は思った。

地下鉄の駅は車輪のスポークのように五つの道路が集まる交差点にあった。車の流れは信号で止まり、それぞれの車線は自分の番を待っていた。時々、交差点は合流の場所のように見えた。別の時には、バスや自転車や車の混沌とした川の中を交通の流れが交差点を越えて絶えず轟音を立てて走る時、それは単なる通路、通過地点に過ぎないように思われた。そこにカフェがあり、私は友達のアマンダを待つために中に入ったが、彼女は近くに住んでいて、コーヒーでも飲みながら会おうと私を誘ったのだった。この取り決めは好都合なように思われたが、彼女が来るまでに一時間近く私は待たなければならなかった。その間、私はカフェの内部をよく見た。本棚やナス紺色に塗られた壁や骨董品の家具があり、それは古びて個性的な印象を与えたが、実際は一般的で新しかった。私がそこに座っている間に、アマンダは二回携帯電話でメッセージを送ってきた。一度は急いでいるが遅れるというもので、それからしばらくして、家でちょっとした災難があり、急いでいるが、さらにもっと遅れるというものだった。下の息子が電話してきて、私は彼と話した。午前十一時を過ぎたところだった。何故彼は授業に出ていないのか、と私は尋ねた。休憩時間だよ、と彼は言った。間があり、それから元気？　と彼は言った。話し終わると、私は新聞を読もうとした。私の目は理解せずに言葉を追った。暑い埃っぽい風景の中に小さい象の傍にいる大きな象の写真があった。雨の中のどこかの街で口を開けて抗議する群衆の写真があった。携帯電話のメールが鳴った。それは催しで知り合った司会者からだった。私が提案したように、木曜日には残念ながら会えない。多分いつか別の時に、と彼は書いていた。

アマンダが来た。彼女が出かけようとした時に、建物の規則で防火のために設置しなければならなかった室内の自動防火装置がどういう訳か作動して、家じゅうに雨のように水を降らせた。彼女がなんとかそれを解除した時には、あらゆるものがビショビショに濡れていた。彼女の服もベッドもオフィスの書類も全部濡れていた。運よく、彼女は家具はあまり持っておらず、油絵も貴重な骨董品もなかった。家にはほとんど物がなく、絨毯やカーテンさえなかった。それでも、彼女は今朝床を拭くとは思ってもみなかった。彼女は最悪のものを片付け、それから自然に乾くように、窓を開けたままにしておいた。

「それは保険の条件に違反するの」と彼女は言った。「でも、この時点では、気になんかしていられないわ」

彼女は自動消火装置の話をとても快活に話したので、それが実際に起こったことが信じ難かった。実際、彼女はそのことで活気に満ちているように思われた。彼女は黒い服を着ていた——ぴったりした黒いドレスと黒い上着を——そして、彼女の目は化粧で輝いていた。彼女は中に入っているもので膨らんだ大きな袋のような革のバッグを肩に掛けていて、それを椅子の後ろに掛けると、重さで椅子はひっくり返り、大きな音をたてて床にぶつかった。彼女は素早い動作でそれをもとに戻し、足元にバッグを置いて、ニコニコしながらきちんと座った。外では太陽が出ていた。光が窓から彼女の顔に直接にあたり、彼女の黒い服のけばをとらえて、迷路のような埃っぽい皺を照らした。

「私は洗濯籠からこれを取り出さなければならなかったの」と彼女は言った。「乾いていたのはこれだけだったのよ」

アマンダの容姿は若々しかったが、そこに年齢の風格が無造作に加えられていて、まるで年を取るというよりも、しわくちゃにされた子供の写真のように彼女は単に無造作に扱われたかのようだった。彼女の小柄な肉付きのよい体は絶えず活発な状態であるように思われたが、そこには時々疲労感がちらりと見えた。今日は灰色の疲労が化粧した肌の下にあった。彼女は、太陽に向かって顔に皺を寄せて、まるで自分の映像を探すかのように私をしばしばちらりと見た。

「私がひどく見えることはわかっているわ」と頭をひょいと引っ込めて彼女は言った。彼女はメニューを取り上げ、素早くページに目を通した。「私は昨夜ほとんど眠れなかった。

それを子供のせいにもできないわ」と彼女は付け加えた。「私には子供はいないから」

彼女は午前三時まで起きていて、ギャヴィンと口論していた、と彼女は続けた。最近彼女は不眠症を改善しようとしてヨガを始めたが、ギャヴィンと喧嘩をした後では、眠るためにヨガのポーズの「太陽の挨拶」以上のものを必要としただろう。ギャヴィンは彼女のボーイフレンドだが、大きな陰気な顔をした男で、私は一度だけ会ったことがあった。彼はアマンダが自分の家を改築するために雇った建築会社を経営していた。

「ひどいことだわ」と彼女は言った。「私の年齢では、時間をもっと有効なことに使うべきでしょう。私の知っている人たちはみんな慈善のためのマラソンをしているようだわ。彼女たちは自分の時間をトレーニングや特別なダイエットをすることに使っているのに、私は持ち帰り用の料理を食べ、十代の娘のような感情生活を送っている。私が走れるというわけではないけれど」と彼女は付け加えた。「たとえ走りたくても。私は階段でもやっと上るのよ」

彼女は医者に行って、埃のためにぜんそくにかかっている、と言われた。それは二年間建築現場にいたためだった、と彼女は言った。医者は彼女に吸入器をくれたが、彼女は吸い口のふたを失くしてしまったので、今では吸入器にも埃が混ざった。ウエイターが注文を取りに来て、アマンダはハーブティーを頼んだ。

「ええと」とウエイターが行きかけた時に彼女は言った。「ココアにしてください」

彼は少し微笑んで、メモ帳に書いた。

彼が上にホイップクリームとマシュマロをのせるのはどうかと提案すると、「ええ、お願いします」と彼女はにっこり笑った。

健康に関して本当に何かしょうと自分に約束した、と彼女は続けた――初めに、彼女は体重を減らす必要があった――でも、それどころか彼女はアドレナリン剤をますます多く飲んでなんとか暮らし、その瞬間を生きているように思われ、そのため、どんな種類の食事の摂生計画もずっと続けることができなかった。彼女はたくさん決心して起きるのだが、出来事がいつも彼女を圧倒するので、始めた時よりももっと目標から遠ざかってその日を終えるのだった。どんなに一生懸命にやろうとしても、何も続かないように思われた。

多くの人は、そうしたことが自分が本当に望んでいるものなのかを自問するのを避ける手段として物事を続かせようとして生活を送っているのだ、と私は言った。

「あなたは本当はそんなこと思っていないのでしょう」とアマンダは赤く縁どられた目に微かな興味を浮かべて言った。

多分人々は逃げる空想をするためにマラソンをするのよ、と私は言った。

アマンダは笑った。ギャヴンとの口論は、彼女が自分の誕生日のために手配したパリへの旅行に彼が現れなかったために起こった、と彼女はしばらくしてから言った。二人はすべて荷造りして、出かける準備ができていたが、ギャヴィンが突然パスポートを忘れたと言ったのだった。彼はパスポートを取りに行き、戻って来なかった。アマンダはスーツケースの傍に座っていたが、家はだんだん暗くなってきた。彼女は何度も電話で彼に連絡を取ろうとしたが、彼は応えなかった。遅すぎたので、彼女は航空券やホテルをキャンセルできなかった。彼から何の連絡もなしに一週間が過ぎた。だが昨日の夜に、彼は札束を持って戸口に現れ、札束を彼女に渡した。

私は彼女がお金を受け取ったかどうか尋ねた。

「もちろん受け取ったわよ」と彼女は挑戦的に顎を上げて言った。「私は最後の一ペニーまで全部彼に払わせたわ」

彼はとても申し訳なさそうだった、と彼女は続けた。彼は起こったことについて何か馬鹿げた話をでっちあげようとしたが、やがて彼はパリに行くことでパニックになり、逃げ出したことを認めた。彼はそのようにアマンダと何処かに行くことが怖かったのだった。彼女の家では――建築現場では――彼は自分が何処にいるかわかっていたが、彼女と外国の街に行くことを考えると、彼は隠れたくなったのだった。彼は五十歳ぐらいで、彼が行った休暇は、毎年夏にゴルフのクラブの仲間と行くアイルランドだけで、雨の中でほとんど知らない男性の集団とゴルフをした。アマンダに会う前に、彼は家を改造していた別の女性のお客、三十代のグラフィックデザイナーと非常に親密になった。情事は数か月続き、改造に伴う手作業は難しく、その女性との関係を築こうとする彼のゆっくりとした感情的な苦しみと並行した。女性に適切に対応する能力に欠けていたために、ギャヴンの女性に対する感情を表そうとする努力は、ゆっくりとして、難しく、ぎこちなかった。家が完成した時には、女性は忍耐力を失くし、もう彼に興味を持たなくなった。

「そこに私が来たの」とアマンダは言った。彼女は派手なトッピングが載ったカップを取り上げて、唇に当てた。「何をしようとも」と彼女は言った。「建築業者と関係を持ってはだめよ」

問題は、彼が人生の理想像を複雑にしようとすればするほど、行動する自分自身の能力から自分を遠ざけてしまうことだった。彼は自分で骨をおって発展させた、今までは雑用をする人に過ぎなかった中流階級の世界にすっかり自分を移す可能性に苦しめられたままだった。彼はアマンダと一緒に暮らすために引っ越すつもりで、彼らはそのことについて一年も話し合ったが、実際は彼は引っ越しして来なかった。彼はそうしたくないとか気が変わったとか、決して言わなかった。ただ彼はそうしなかった。だが今、彼女は日を、実際の特定の日を彼に告げた、とアマンダは言った。もしその日に彼が家に引っ越して来なかったら、二人の関係は終わるのだった。

それは何日かと私は尋ね、彼女は私に話した。

要は、私は彼のことを気の毒に思っていることなの、と彼女は言った。彼はひどい子供時代を送り、それは十四歳の時、父親に仕事を探せと言われて通りに放り出されることで終わった。時々、二人は家のある面について話をしていて、彼女は彼の考えや素晴らしい思いつきの中にまったく違った人、彼がなり得る人を見出す、と彼女は言った。ギャヴィンはかつて建築業者の友達が彼がそこでした仕事を見るためにアマンダの家に来たことを彼女に話した。この友達は黙って家中を歩き回った。最後に、君は自分で住むためにこれをしているのだろう？　と彼はギャヴィンに言った。でも、そのことになると、彼は跳ぶことができないの、とアマンダは言った。

彼女と一緒に住んでいないなら、ギャヴィンはどこに住んでいるのか、と私は尋ねた。ロムフォードに、彼の妹と一緒に、と彼女は言った。そこからの方が仕事がしやすいと彼は言っているけれど、そこでは、彼はテレビを見て、持ち帰り用の料理を食べて、誰も彼に話すことを期待していないからだわ。

ギャヴィンが理解できることは、あなたの家が壊されている時に、あなたはどんなに傷つきやすいかということよ。それは手術台にのっているようなものなの、とアマンダは言った。あなたは切開されて、そこには処置をしている男たちがいて、彼らがあなたを治してまた縫い合わせるまで、あなたは動くことができない。アマンダがそのような状態にいる時には、ギャヴィンは彼女を愛することができた。六週間の予定の建築の仕事が二年間になり、ギャヴィンは日中は他の仕事をするために出かけた。彼女はこの状態は奇妙な見当違いな敬意のために起こったことを理解したが、それでも彼女は自分が何か大きな悪ふざけの的になったと感じざるを得なかった。

男女が親しくなることについての男性の考えには空想の要素がある、と彼女は続けた。つまり、彼女のような人、闘志にあふれ自立して実際的な人、必要なら腕まくりするような人でさえ、面倒を見てもらうという考えには夢中になる、と彼は考えていた。お金のためでなく愛のために仕事をすると言うギャヴィンは、女性が結婚の申し込みにときめき、安心するように、彼女をときめかせ、安心させた。でも、愛は結局は掴みどころのないものであり、ときめきは彼女の頭の中だけにあった。お金で仕事がされるのだった。今の状態では、仕事がどこで終わるのか彼女にはわからなかった。彼女は普通のところ、シャワーが出て、暖房がつき、キャンプ用のストーブで料理をする必要がない、家を出るために埃や汚れをすっかり落とす必要のないところに住むのがどんな風だったか、彼女はもう思い出すことさえできなかった。一番困ったことは、仕事のために素敵に見えなければならないことだった。彼女は髪にセメントのりを付け、指の爪には漆喰が入り、そして一度は出かける時に一瞬濡れた壁にもたれたために、スーツの後ろが全部ペンキだらけになっても気が付かず、会合に出かけたのだった。誰かが教えてくれるまで、ほとんど一日中そんな恰好で歩き回った。

アマンダはファッションの仕事をしていた。

「そしてその世界では」と彼女は言った。「誰もあなたがどんな風に見えるか本当のことを言わないの」

実際、まったく反対なことが事実なのに、時々あることが本当であると信じるのは不思議だわ、と彼女は続けた。この仕事ではそれをいつも見ていると思う、彼女は言った。人々は流行っているという理由だけで、服を着るの。その時は、彼らは自分が素敵に見えると思うけれど、数年後に振り返ってみると、自分はひどく見えたことに気がつくのよ。

多分私たちの誰も何が本当で、何がそうでないかわからないだろう、と私は言った。そして出来事を調べることは、ずっと後になってさえ、まったくは安定してはいなかった。ファッションについての彼女の意見を取り上げてみると、もし長い間待てば、戸惑うほど古くさい服が、しばしばまた素敵に見え始めた。ある距離から見れば恥ずかしいように思われ、私たちの自己欺瞞の可能性を立証するように思われる同じ形や様式が、別の距離から見れば、今まで知らなかったような急進的で正しいことの証明になるかもしれないし、あるいは少なくとも、私たちは信頼しないように容易く説得される証明になるかもしれなかった。

アマンダは唇にカップをまた上げ、それから下ろした。

「これは好きではないわ」と顔をしかめながら彼女は言った。

ファションは若い人の産業だ、と彼女はしばらくしてから続けた。彼女自身は丁度限界の時――三十代の前半に――彼女の知っている多くの人が落ち着いて家庭を持ち始める時に、その世界に入ったのだった。ある意味で、それに反抗して、友達が放棄しているまさにそのもの――楽しみやパーティーや旅行――の延長を表す世界に入らせたのは運命の必然性だった、と彼女は思った。最上で一番古い友達のソフィアでさえ――私は昔の彼女を覚えているかもしれなかった――彼女の同居人で、無分別な行動の長い間のパートナーだったソフィアでさえ、その時、多くの点でアマンダの理想の男性だったボーイフレンドのダンと結婚して、家を買おうとしていた。アマンダはソフィアと彼と一緒に暮らして幸せだった。三人は一緒に休暇にさえ出かけ、まるで彼女が彼らの奇妙な成長した子供であるかのように、彼女はホテルの一部屋にいて、二人は別の部屋に泊まった。夜に彼らが扉を閉めた時、彼女は悲しみと安心の混ざり合った感情を抱き、眠りにつく間、扉の後ろに彼らの囁き声を聞いた。その頃、アマンダは仕事を、彼女が今まで知らなかったような非常に忙しい社交生活を伴う仕事を提供された。彼女の友達が住宅ローンにサインし、妊娠を公表している間、アマンダはファッション・ショーやパーティーや一晩中起きていることやパリかニューヨークへの旅行や、シャワーを浴びて着替えをする時間がほとんどなく、ナイトクラブから会議に行く渦の中にいて、途中で出会った男たちとは誰でも戯れに恋をした。

彼女は男を得ることが難しいと思ったことはなかった、と彼女は続けた。少なくともあまり素敵でない男を得ることは。だが、ある時点で、あてもなく歩き回っていても、ダンのような男は見つからないことがはっきりしてきた。そのような男たちは獲得され、所有され、話のタネになっていた。ある意味で、彼女は彼らの所有の生活を軽蔑していた。彼らは安全な博物館に掛けられている高価な絵のようだった。好きなだけよく見ることはできたが、ただ通りではそのようなものは見つけられなかった。しばらくの間、彼女は、まるで自分が迷った魂が住み、みんなの頭の中にあるものと一致するイメージを探しているどこか死者の国に住んでいるように感じた。男と寝ながら、彼女は彼が自分を精神的に個人として対応していないと感じ、彼がまだ心を奪われている女性とセックスしているに過ぎず、自分は目に見えず、彼がすること、彼が自分に言うことすべては、実際は誰か他の人、そこにいない人、存在してさえいないかもしれない人に対してしてたり、言ったりしているようにしばしば感じられた。自分が他の人の寂しさの目に見えない目撃者であるという――ある種の亡霊である――という感覚で、彼女はほとんど狂いそうになった。一度、その名前を思い出すことさえできない男とベッドで横になっている時、彼女は突然希望を失った涙を流す長い発作におそわれた。彼はアマンダに優しくしてくれた。彼はお茶を入れ、トーストを作り、精神治療士に会うように勧めた。

その頃のことを考えると、思い出すのが一番難しいのは自分の服なのよ、と彼女は言った。私は自分がしたことや行った場所や男たちやパーティーや会話さえ覚えているけれど、こうした記憶の中でいつもまるで自分が裸だったように思われるの。時々、私は一着の服か、あるいは何かの記憶――上着か一足の靴――が頭の中に漂って入ってくるのを夢に見る。そして、たとえそれが非常に見慣れているように思われるので、ある時点ではいつも身に着けていていたことは確かなのに、私はそれが実際自分が所有していたものかどうかは確かではないの。でも、私はそのことを証明できないわ。わかっているのは、私はそうしたものをもう持っていないし、何処にいったかわからないということだけだわ、と彼女は言った。

彼女の両親は不動産を売り買いして富を築いた、と彼女は付け加えた。彼女の子供時代の記憶は、実質上建築現場である家に、いつも変化する過程にある家に住んでいたことだった。彼女の両親は念入りに家を改装し、それから仕事が終わって、家が自宅のようになると直ぐに売却した。私は家が清潔で素敵で心地よく感じられ始めると、それは私たちが出ていく兆しであることを学んだわ、とアマンダは言った。彼女がギャヴィンに惹かれた理由の一つは、まるで彼が彼女だけが理解できる言葉を話すかのように、彼が子供時代の語彙と結びつくことだった。彼女は二十代、三十代は両親と疎遠だったが、最近、両親はまた彼女の生活にある程度入ってきた。彼らは絶縁材を施すことや下張り床や屋根裏部屋を改造することの長所と短所ににについて話せることが好きだった。家を改装することが共通の話題を提供したのだった。多分改装が終わったら、彼らはもう私に話しかけないでしょう、と彼女は言った。

アマンダは行かなければならないと、言った。彼女はもうすでに遅れている会合に出席しなければばならなかった。彼女はまるで私たちの会話をすっかり終えたかのように、立ち上がって、服から埃を払い始め、しばしば私をチラチラ見た。それはまるで私が見るものの中に何かを読み取ることができる前に、彼女は私の視界を遮ろうとしているかのようだった。

「地下鉄まで一緒に行ってくださる?」と外に出ると彼女は言った。

私たちが歩いている時、彼女はぜいぜい息をして、手を胸に置き、私よりも二歩先を歩き、彼女のハイヒールが歩道に足早にカチカチ音を立てた。私が知っているかどうかわからないが、彼女は子供を養子にしようとしている、と彼女は言った。それは非常に複雑な手続きで、あらゆる段階であきらめてしまおうと思うほど官僚的だったが、彼女は数か月それに携わっていて、進歩していた。問題は、家が完成するまで彼女はキャンセル待ちの名簿に載せてもらえないことだった。どの周旋所も、壁から電線が下がり、階段に手すりのない家に子供を入れることなど考えもしないだろう。そしてギャヴィンの身分も問題だった。彼はそこに永続的にいるか、いなくならなければならなかった。周旋所で彼女を担当する女性はある種の友達になった、と彼女は続けた。彼女はアマンダに希望を持つ根拠を与えてくれた。彼女はいつも電話して激励してくれた。

「彼女は私の愛する能力を認めると言っているわ」とアマンダは言った。彼女はアマンダに予期しないような明るい笑い方をした。「多くの人はその能力を認めて、私はそれを最大限に生かしてきた」と彼女は言った。

私たちは地下鉄の駅に着いて、アマンダはあえぎ、ニコニコしながら、手を私の腕に置いた。お会いできてよかったわ、と彼女は言った。彼女は建築の仕事が上手くいくように願っていた。きっと上手くいくわ、と彼女は言った。もし私にいつか晩に暇があったら、会って、ちゃんと話をしましょう、と彼女は言った。彼女はバッグの中で財布を探し、震える手でそれを取り出した。それから、彼女は柵の間を半ばよろけるように通り、少し雄々しく手を振って、姿を消した。

Ⅷ

その日は占星術師の報告によると子午線通過の来るべき時期の特に重要な日だった。

トニーは壁を壊していた。彼は鼻と口を覆うマスクをかけ、埃と騒音の嵐のただ中に立って、ドリルを振り回していた。床はすでに上げられていた。骨格のジョイントとその間の空間の灰色の残骸が見えていた。トニーは一か所から別のところに歩くために厚板で通路を作った。建築業者の小型トラックはまだ店にあると、彼は言った。防音用の板がトラックで運ばれることになっていたが、配達は遅れていた。待っている間に、トニーは壁を取り壊していた。

「これはでっちあげだ」と彼は言った。

パベルは二階で木造部分を紙やすりで磨いていた。トニーがドリルで穴を開けるのを中断するたびに、紙やすりの擦るシュウシュウいう音が家中に響いた。

「パベルは機嫌が悪い」とトニーはマスクを持ち上げながら言った。「二階にいるのが一番だ」

パベルはお腹が痛いのだ、と彼は付け加えた。腹痛のために機嫌が悪いのか、その逆かはわかりにくかった。トニーは彼を家に留まらせようとしたが、彼はそうしなかった。トニーの推測では、パベルは便秘だった。

「彼は詰まったのです」と彼はウインクしながら言った。「ポーランドのホームシックな食べ物が」

パベルは階段を下りて来て、静かに私たちを通り過ぎ、道具箱のところに歩いて行った。彼は道具箱から新しい紙やすりを一本取り出して、それを持って黙って二階に戻って行った。

トニーは穴を開ける仕事を再開した。彼は壁の中の木材を取り外そうとしていたが、動かしにくくて、彼は外すために激しくぐいと引っ張らなければならなかった。その一つは思いがけなく簡単に外れて、凄まじい音を立ててジョイントと交叉して落ちた。階下から矢継ぎ早に激しく叩く音が聞こえ、それから間もなく、誰かが外の階段を猛烈な勢いで近づいて来る音がした。正面の扉が轟くように何度もノックされた。

トニーはドリルを手に立っていて、私たちは少しの間お互いに見合った。

外で、ポーラの声が聞こえた。彼女は叫んでいた。彼女は私がそこにいることがわかっている、と言った。彼女は私に出て来い、私の顔に唾を吐きかける、と言った。彼女は通りの誰にでも私のことを話していた。人々は私がどんな人なのか、また私の子供たちのことも知っていた。彼女は扉を拳でまた何度も強く叩いた。ここに出て来なさい。さあ、出て来なさい、あなたなんか何でもないわ、と彼女は言った。彼女が段を降りて戻って行く音がして、数秒後に、地下室の扉が凄まじい音を立てて閉められたので、建物全体が揺れた。

「僕が話してきます」とマスクを外しながら、トニーが言った。

彼はドリルを置き、正面の扉から出て行き、扉を開けたままにしていった。彼が地下室の扉をノックするのが聞こえた。しばらくして、声が聞こえた。ポーラの声の調子や抑揚はほとんど私の内部から出てくるように思われた。トニーは直ぐには戻って来ず、家が寒くなり始めた。私は扉を閉めるべきかどうかわからなかった。私は二階の自分の部屋に行ったが、そこではパベルが窓の下枠を紙やすりで磨いていた。彼は私が出て行こうとするのを見て、手を止めた。

「どうぞ」と彼はほんの少し礼儀正しく頭を下げて、言った。「終わりました。お入りなさい」

私たちは立って、一緒に窓からポーラが下の正面の段に立っていたところを見た。パベルはすべてのことを見ていたに違いないことに私は気づいた。気分は少しは良いか、と私は彼に尋ね、彼は手を振るような動作をした。

「少しは」と彼は言った。

彼は床と窓に隣接した本棚に掛けられた埃よけの布をたたみ始めた。本棚の何かが彼の目にとまり、直ぐに素早くそれを取るために手を伸ばした。彼は急に顔を輝かせ、それを持って私の方に向き、外国語で早口で何か言った。それは本だった。私が答えないと、彼はそれを私に見せるために差し出した。

「あなたはポーランド語を話します」と埃まみれの指で表紙を指した。

本はポーランド語で書かれているが、私は理解できない、と私は言った。

彼は直ぐにがっかりしたように見えた。それは私の書いた本の翻訳だった。望むなら、彼はそれを持っていてもかまわない、と私は言った。彼は眉毛を上げて、本の裏と表を調べ、手でひっくり返して本をよく調べた。それから、頷いて、本を作業着のポケットに押し込んだ。

「多分あなたは話せるのかと思いました」彼は悲しそうに言った。

翻訳者はワルシャワに住んでいる私と同じくらいの年齢の女性だった。彼女は本文について質問するために数回私にEメールしてきた。私の書いたものの自分自身の訳書を彼女が創るのを私は眺めていた。メールで彼女は自分の生活について私に話し始めた――彼女は幼い息子と一緒に一人で暮らしていた――そして時々本の数節について話していると、彼女が私の書いたものを侵害するのではなく、それは今は私ではなく彼女の中に生きているという意味で、彼女が創り出したものが、私のものに取って代わり始めるのを私は感じ始めた。翻訳の過程で、その所有権は――良かれ悪しかれ――私から彼女に渡ったのだった。家のように、と私は言った。

パベルは頭を片方に傾げ、注意深い目つきで私の言うことを聞いていた。ポーランドで僕は自分の家を建てました、と彼は間もなく言った。僕は全部作った。僕は床も扉も屋根も作った。子供たちは僕の作ったベッドで寝ます、と彼は言った。彼は建築業者の父親から仕事を学んだ、と彼は続けた。でも、父親の作る家はパベルの家とは違っていた。安い、と彼は小さい鼻に皺を寄せながら言った。パベルの家は川の傍の森の中にあった。それは美しいところだった。

でも、父は気に入らないのです、と彼は言った。

私は何故なのかと尋ね、彼は唇に少し笑みを浮かべて、奇妙なハミングするような音を出した。僕のやり方と父のやり方は同じではないのです。彼の家には天井から床まで届く非常に大きな窓がある、と彼は続けた。すべての部屋で――浴室でさえ――森が見えたので、ほとんど戸外で生活しているように感じた。彼は家について考え、それを設計するのに長い時間をかけた。彼は現代の建築に関する本を地元の図書館から借りてきて、注意深く読んだ。僕は建築家になりたかったのです、と彼は付け加えた。でも――彼は諦めたように肩をすくめた。特に彼の目に留まった一軒の家が、アメリカの家があった。それはほとんどまったくガラスで作られていた。最初にその写真を見た後ではもう一度見ないようにしたが、彼はその家から着想を得たのだった。彼は自分の考えを広げて、自分の手で家を建てたのだった。だがそれから、彼はその家を離れて、仕事を見つけるためにイギリスに来なければならなかった。彼はウェンブリー・スタジアムの近くの知らない人が住んでいる他の貸間がたくさんある建物の中の貸間を借りた。最初の週に、誰かが侵入して、彼の道具を全部盗んだ。彼は新しい道具ともっと良い扉の錠を買わなければならなかったが、錠は自分で取り付けた。彼の妻と子供たちはまだポーランドに、森の中の家にいた。彼の妻は教師だった。

彼は埃除けの布を折りたたむ仕事を再開し、それぞれをパチンという音を立てて振り落とし、それをきちんとした四角に折りたたんだ。私がご家族がいなくて寂しいでしょう、と言うと、彼は憂鬱そうに頭を下げた。彼はできるだけ頻繁に家に戻ったが、それには非常にお金がかかり、心が乱れるので、彼はまったく行かないほうがよいのではないかと思い始めていた。前回、彼が出ていく時、子供たちは彼にしがみついて泣いた。彼は話を中断して、両手をお腹に置き、少し顔をしかめた。

「この国で僕はお金をもうけます」と彼は言った。「でも、多分そうする価値がないのかもしれません」

彼は家族の会社で父のためにいつも働いてきたが、父の彼の家に対する反応で、パベルはもうそうしないと決めたのだった。

「これまでずっと」と彼は言った。「父は批判するのです。僕の仕事も考えも父は批判するのです。彼は僕の話し方が好きではないと言います――彼は僕の妻や子供たちさえ批判するのです。でも、彼が僕の家を批判した時――」パベルは微笑んで、唇をすぼめた。「わかった、もう十分だ、と僕は思ったのです」

正確に言って彼の父は家の何が嫌いなのか、と私は尋ねた。

パベルはまたハミングするような音を出し、両手を前で握って、つま先の上で体を前後に軽く揺らした。

彼は計画している間どの時点でも父親に相談しなかったが、ほとんど家が出来上がった時、父親を見に来るように誘った。二人は外に立って、家を、透明な箱を一緒に見た。パベルはある場所から家がずっと外の反対側にある森まで見えるように設計した。妻と子供たちは台所にいた。二人は彼らが見え、妻は料理をしていて、子供たちはテーブルに向かって座って、ゲームをしていた。彼と父親は、そこに立って眺め、それから、父親は彼の方を向いて、彼の愚かさを示すために自分の額を叩いた。

「パベル、馬鹿者め、お前は壁を作るのを忘れた——誰でもお前たちがそこにいるのを見ることができる！　と父は言いました」

彼は父親が街で彼の家のことについてあけすけに話し、人々に、森に行けばそこに立って、パベルが大便をするのが見られる、と言っていることを後になってから聞いた。

その後、パベルは別の仕事を探そうとしたが、ダメだった。彼はイギリスに来て、ヒースローの新しいターミナルビルを作る仕事を数か月したが、彼はいつも金曜日の夜に解雇され、月曜日に再雇用されたが、それは建築会社がどのくらい多くの労働者を必要とするか前もってわからなかったからだった。それから、彼はトニーに出会い、今の仕事を得たのだった。彼がヒースローで働いた最後の時に、ターミナルビルはすでにオープンしていた。彼は到着ゲートの近くで働いていて、一日中、人々が扉からどっと出て来るのを眺めていた。どんなに何度も止めるように自分に言いきかせても、彼は何度もちらりと見て、自分の家族がその通路を通ってやって来るのではないかと思い、人ごみの中に知っている顔が見えたと思い、時にはポーランド語の声やポーランド語の会話の断片を聞き続けた。

何時間も彼は他の人々が彼らの愛する者を迎える再会の場面を眺めた。それは癖になった。彼が家に帰ると、部屋は前よりももっと寒く、侘しく、孤独だった。ここ、この本の家にいる方が良かった。彼は自分の英語を向上させるために時々本を借りてもよいかと私に聞くつもりだった。彼の英語のレベルは、現状では誰かに話しかけることは難しかった。この会話は何週間もの間に彼が誰かに話した一番長いものだった。問題は彼の考えていることが自分の言語能力をはるかにしのぐことだった。それでも、彼は話せば、急速に上達することがわかっていた。彼は一度交通渋滞のためバスの中で動けなくなったことがあり、隣に少女が座っていて、彼女は彼に話し始め、一時間も続いた会話が終わる頃には、最後に家に帰った時に妻とした会話以来、誰ともしたことがなかったように、二人は打ち明け話や打ち解けた話を交わすことができた。彼女は彼に感情を抑えているのだ、と言った。

「何も出て来ないのです」と恥ずかしそうに少し微笑んで彼は言った。

彼は私に夜は窓を閉めるように言うつもりだった、と言った。彼がある朝早く来ると、正面の窓が開いているのに気づいた。また、私が一人でいる時に安全なように、扉にチェーンを取り付けさせてもらえるかどうか、と彼は思っていた。彼は承諾するように私に助言した。それには五分しかかからないだろう。

階下で電話が鳴るのが聞こえ、私は行って電話に出るために、中座するのを許してほしいとパベルに言った。それは息子からで、彼は父親の家の鍵を失くして、締め出された、と言った。彼は戸口に立っていると言った。寒くて、家には誰もいなかった。彼は悲嘆にくれて、激しく泣き始めた。私は麻痺してしまったかのように、立って泣き声を聞いていた。私は彼が泣いている間どんなによく彼を抱きしめたかを思い出した。今は泣き声しかなかった。それから突然、泣き声が止まり、彼が兄の名前を呼ぶのが聞こえた。大丈夫だよ、と彼は電話で私に言った。心配しないで、大丈夫だ。彼は兄が道をやって来るのが見えた、と言った。彼ら二人が会った時に、背後に人が動くような気配と笑い声が聞こえた。私は何か言おうとしたが、彼は行かなければならない、と言った。じゃあね、と彼は言った。

正面の扉が閉まって、トニーがまた現れてドリルを取り上げた。私は隣人が何を言ったか尋ねると、彼は黙っていた。彼は私をじろじろ見た。

「あなたは何処かに行きますか?」と彼は言った。

私はクラスを教えるために出かけなければならず、遅くまで戻らないだろう、と言った。彼は頷いた。

「あなたはここにいない方がいい」と彼は言った。

私は騒音について彼らから同意を得られたかどうか、彼に尋ねた。彼は黙っていた。私は彼が漆喰の新しい部分を動かして、それを多量の瓦礫と埃の中に投げ入れるのを見ていた。

「大丈夫ですよ」と彼は言った。「僕が彼らに言いました」

私はいったい何を彼らに言ったのか、と彼に尋ねた。

彼は壁をぐいと引っ張り、大きな砕けた一片がバリバリいう音を立てて外れたが、その間、彼の顔にはにこやかな笑いがゆっくりと現れた。「さて」と彼は言った。「彼らは僕を息子のように扱ってくれましたよ」

彼は、隣人に自分はとても彼らに同情する、私は彼とパベルを奴隷の監視人ように働かせる、彼らはみんな私の犠牲者であり、彼らが彼に仕事を早く終わらさせてくれさえすれば、彼は自由になるだろうと言うことで、私のために行動したのだ、と彼は言って、私を安心させようとした。

「一番良い方法です」と彼は言った。

彼らはよく対応した、と彼は付け加えた。彼は何杯かお茶と一袋のお菓子まで——ドリーの詰め合わせ——を家にいる娘のために持ち帰るようにもらった。彼はもちろん自分の言ったことは本気でないことを私にわかってもらいたい、と彼は言った——それは自分の目的を達成するために彼らの憎しみの力を利用したゲームであり、戦術だった。

「アルバニアの政治家のように」と彼はニコニコしながら言った。

トニーの態度には不自然なところがあり、それは彼が本当のことを言っていないか、あるいは彼は自分では完全には理解できない一連の出来事を彼なりに解釈しようとしていることを示していた。彼は私と目を合わせるのを避け、彼の表情はごまかしているようだった。私は彼が私を助けようとしていることはわかる、と言った。隣人の憎しみを煽り立てたことの問題は、私はトニーがいなくなった後も子供たちとここに住み続けなければならないことだった。私は夏のある晩のことを彼に話した。その時、私は暗い台所に座って、庭にいる隣の国際的な家族を眺めていたが、ポーラが下のフラットから出て来て、階段を上るのが見えた。彼女は隣の人たちに垣根越しに話しかけた。彼女は大声で私や私のしたひどいことについて彼らに話しているのが聞こえた。私は彼らの礼儀正しい、困ったような顔を眺め、彼らは必ずしも彼女の言ったことを信じてはいないが、私と何のかかわりも持ちたくないと思っていることがわかった。

トニーは手のひらを上にして手を差し出し、頭を片方に傾けた。

「悪い状況です」と彼は言った。

私はコートを着ている間、彼が私をこっそり見ているのを感じた。彼は私が何を教えているのか、子供たちは行儀がよいかと尋ねた――彼の娘の学校では多くの子供たちは動物のようにふるまった。彼らはしつけられていなかったが、それが問題だった。ここでは子供たちにとって生活は楽すぎた。私は子供ではなく大人を教えていると言うと、彼は疑わしそうに笑った。

「何を教えているのですか?」と彼は言った。「尻の拭き方ですか?」

クラスは小説を書くクラスだった。十二人の学生がいて、彼らは四角に並べられたテーブルを囲んで座っていた。教室は五階にあった。学期の初めには、その時間にはまだ明るかったが、今は、外は暗くて、窓は異常な大きさの汚い黄色い雲の不気味な背景を背にギラギラする光の中にくっきりとそこに映った私たち自身の姿を見せていた。学生はほとんどが女性だった。私は学生たちが話していることを注意して聞くことが難しいと思った。私はコートを着て座り、私の目は窓に、そして夜でも昼のものでもない、中間のものであるように見える、動かない奇妙な雲の風景に、動きも前進もなく、その意味が調べられる一連の出来事もない停止した状態の場所に絶えずひきつけられた。その黄ばんだ形のないものは、無ではなくもっと悪いものを示していた。私は学生たちが話しているのを聞き、彼らはどうしてそれについての物語を作れるほど人間の現実を信じられるのだろうか、と思った。私は彼らがまるで遠くからのように私をしばしばチラリと見るのを感じた。だんだん彼らは私にではなく、お互いに話し、子供たちが怖い時に正常だと見なすことを学んだことに逃げるようなやり方で、私が慣れさせた打ち解けた構造を自分たちの間で築いていることに私は気づいた。学生の一人が指導者の役割をしていることに私は注目した。彼女は他の学生のそれぞれに順番に発言するように求めていた。彼女は私の役割をしていたが、彼女のやり方にはどこかおかしいところがあった。彼女は不必要に発言を妨げた。本能的に進むのではなく、学生たちは自意識過剰になり、もたつくようになっていた。教室の二人の男性のうちの一人が、彼の犬について話そうとしていた。その犬についてそれほど面白いと思うものは何か、と私の代役は尋ねた。男性は自信がないように見えた。それは美しいのです、と彼は言った。私の代役はイライラした身振りをした。美しいとだけ言ったのではダメです。それが美しいことを私に示さなければなりません、と彼女は言った。男性はまごついたように見えた。彼は四十代で、小柄で少し小妖精のような容姿だった。きちんとした小さい体の上のドームのようで皺のよった額をした彼の大きな頭は、奇妙な年取った子供のような印象を与えた。私の代役は、その美しさを自分が見られるように、犬を描写するように彼に促した。彼女は華やかな色のスカーフやショールで盛装した大声で話す女性で、たくさん宝石を付けていて、彼女が腕を使って身振りをまじえて話すと、ガラガラ、チャリチャリ音を立てた。ええと、と男性はあいまいに言った。犬はとても大きいです。でも、重くはありません、と彼は付け加えた。私は犬を描写できません。彼女はただ美しいのです。

私は彼に犬がどの品種か尋ね、それはサルーキだ、と彼は言った。サルーキはアラビアの猟犬で、伝統的に動物であるとは見なされず、動物と人間の中間にあるものと見なされるほど、アラブの文化では非常に重んじられ、称えられている、と彼は付け加えた。例えば、彼らはアラブ人のテントに入ることを許された唯一の人間でないものだった。特別な穴がベッドとして横たわれるように、彼らのためにテントの内部の砂に掘られるのだった。彼らは美しいのです、と彼は繰り返した。

私はどこでその犬を手に入れたか尋ね、彼はフランスの南部に住むドイツ人の女性から買ったのだ、と言った。彼女はニースの背後の山の中の家に住んでいて、そこでサルーキの子犬だけを飼育していた。彼はケントの自分の家からはるばる夜通しそこまで車を運転して行った。彼が旅のために体がこわばり、疲れ果てて到着すると、彼女が扉を開け、サルーキの群れが廊下を走って来た。彼らは生まれてまだ数週間で、すでに大きな犬だったが、素早く軽やかで幻のようにおぼろだった。彼らは戸口で彼を圧倒し、顔を彼にこすり付け、足で彼を触った——彼は倒されるのかと思ったが、それどころか、彼はまるで羽で撫でられているように感じた。彼女が犬たちを——九頭いたが——驚くべきほど細心の注意を払って訓練したのだった。居間には低いテーブルの上に彼のために様々な軽食が置かれていたが、九頭の動物は——彼が出会った他の犬とは違って——その周りに堂々と並び、食べ物をひったくろうとはしなかった。餌を与える時間になると、九つの鉢が一列に置かれて満たされ、彼らは始める前に食べる合図を待っていた。彼らのトレーナーが通る度に、九つの長い優雅な鼻が完全に同時に上がり、九つのコンパスのように彼女の動きを追うのだった。

彼が訪問している間に、彼女はどのようにしてこうした驚くべき動物を飼育するのを学ぶようになったか、彼に話した。彼女は実業家のドイツ人と結婚し、夫は仕事でよく中東に行った。ある時点で、彼らは永続的にそこに移った。彼らはオマーンに住み、そこで夫は仕事をし、彼女は子供がなく、仕事をすることを許されなかったので、特にすることは何もなかった。彼女は国外在住の妻の活動をすることには興味がないようだった。それで、彼女は浜辺に横になり小説を読んで時を過ごした。この暮らしの目的のなさと、それは自由と楽しさを邪魔することだということを彼女は意識してわざわざ分析しなかった。だが、ある日横になって読書をしていると、一連の奇妙な影が、ほとんど鳥の影のようなものがページを横切って彼女の目の前に飛んで来て、彼女は見上げざるを得なかった。波の傍の砂を走る一群の犬がいた。彼らの静けさと軽やかさと速さはとても素晴らしかったので、彼らはほとんどある種の幻覚のように見えた。それから、彼女は犬たちの背後の遠くに、男が、伝統的な服を着たアラブ人が、ゆっくりと歩いているのを見た。彼女が眺めていると、彼は何かほとんど聞こえないような音を立て、すると、犬の群れは直ぐに優美な曲線を描いて輪を作り、そして戻って行った。彼らは彼の足元に尻を突いて座り、頭を立てて、彼が自分たちに話す間、聞いていた。制御と完全な規律に基盤を置くほとんど神秘的とも言える共感の光景は、心底彼女を感動させた。彼女は海岸の暑さとギラギラする光の中をアラブ人に話しに行き、サルーキの技を学び始めたのだった。

彼らは猟犬で、ハヤブサかタカの後を群れを作って走り、鳥が彼らを獲物に導くのだ、と学生は続けた。それぞれの群れには二頭の主要な犬がいて、その役割は走りながら、タカを眺めることだった。この作業の複雑さと速さはどんなに評価してもしきれることはない、と彼は言った。群れは静かに、死そのもののように軽やかに、止めがたく流れるように走り、見られず、聞かれずにその標的を奪うのだった。速く走りながら頭上のタカの合図を巧妙に追うことは、骨が折れ、非常に疲れる妙技だった。一頭の犬は協力して仕事をし、一頭が支配し、その間もう一頭は集中するのを止め、それからまた戻るのだった。二頭の犬がタカを読み取る仕事を分かちあうという着想を、彼は非常に興味深いと思った。その究極的な達成は、一つではなく、二つの自己の組み合わせを表していると言えるほど入り組んでいて、協力的な分かち合った状態にあることを示していた。一頭だけでは成功できず、彼らはお互いを必要としていた。最高のレベルの分かちあいの経験からくる二頭の意識が、いかに包括的に働くかを彼は考えた。ドイツ人のトレーナーのように、彼はその考えに魅了されて、それを行うのに伴う難しい仕事を喜んでしようと思った。

私は彼の犬にその理想を持続して上手く行うことができたかどうか、尋ねた。彼はしばらくの間黙っていて、彼の目立つ額の皺が深くなった。彼は自分が選んだ犬と一緒にケントに戻り、彼と妻は犬をシバと名付けた。ドイツ人の女性はシバを完璧に訓練していた——彼女はまったく彼らに手数をかけなかった——そして毎日することを指示されたように、彼らは犬を二時間歩かせることを厳密に守った。歩かせる時には、シバは綱から離された。彼女は呼ばれると戻って来て、決してどんな場合でも、その土地に住むウサギやリスを追う時に落ち着きを失うことはなかった。外に連れ出した時には、彼女は注目の的だったが、家ではほとんど麻痺したように無気力だった。彼女は彼らの膝かベッドにずっと横になり、愛情を求めるのかあるいはまったく物憂いのか、大きな絹のように柔らかい体を彼らにだらりともたせ掛け、細い顔を彼らの顔によりかけた——彼女はすでに言ったように、ほとんど人間だった。正直に言うと、シバの生き物としての可能性を、彼女の素晴らしさを、彼らが住むセブンノークスでは最大限に生かすことはできなかった。シバは自然な環境に置かれていなかった。彼女は野性的で自由に走るように育てられた。だが、犬に生まれたという運命のために、また前の世代の所有者たちの長い歴史のために、彼女は高貴な猟犬であるという本来の姿から離れた家で飼う犬になってしまった。ドイツ人の女性は彼に二頭のサルーキがまるで目に見えない音楽のように非常にひそやかに一致してガゼルを倒す光景を描写した、と彼は続けた。セブンノークスにはガゼルはいなかったが、彼と妻はシバを愛し、できるだけよく彼女の世話をした。

彼が話し終わると、他の学生たちは本や書類をしまい始めた。二時間が終わったのだった。私は地下鉄の駅に歩いて行き、電車に乗った。私は男性と、ほとんど知らない人と食事をするために会うことになっていた。彼は共通の友人から私の電話番号を手に入れたのだった。私がレストランに着くと、彼はすでにそこにいて、待っていた。彼は本を読んでいたが、私が題名を見る前に彼は本をバッグに戻した。彼は調子はいかがですか、と尋ね、私は思っていることを全部言えないほどとても疲れている、と自分が言っているのに気づいた。彼はこの知らせに少しがっかりしたよう見え、私がコートを掛けたいか、と尋ねた。私は着たままでいる、と言った。私は寒かったのだった。私は私の家には建築業者がいる、と付け加えた。扉や窓は絶えず開けられ、暖房は消されていた。家は墓場のように、埃と寒さの場所になっていた。食べたり、寝たり、仕事をすることは不可能だった——座るところさえなかった。どこを見ても、骨組み、壁や床の骨組みしか見えなかったので、家はまるで、普通は壁や床が入らせないようにしているすべてのものが自由に入って来るかのように、守られておらず、浸透されるように感じられた。私は大工仕事のお金を払うために借金をしなければならなかった——直ぐに返すことができる見込みのない借金を——そして仕事が終わっても、私はそこでまったく快適であるかどうかはわからなかった。子供たちは不在だと、私は付け加えた。私は彼にタカを追うサルーキ犬の話をした。私は現在子供たちを同じように鋭く、よく意識しているが、私は彼らに会わないようにしている、と言った。その上、地下には何かが、名前を言うことはためらわれたが、二人の人がいた。それはどういう訳か創造する力と関係があるように思われる、むしろ強力な力だった。彼らの私への憎しみは非常に純粋だったので、それはほとんどまた愛に変わるかのようだった、と私は言った。彼らは、ある意味で、両親のように家の精神の中に、ベケットのごみ箱の中のナグとネルのように悪意を持ってうずくまっていた。息子たちは彼らを巨人と呼んだ、と私は言った。子供たちは幼い頃読んだおとぎ話が教えたように人物の中に道徳を見るほど若かった、と私は言った。彼らはまだ悪に個性を与えることをいとわなかった。

「悪」という言葉で、彼は眼鏡をはずし、ケースに入れてテーブルの上に置いた。彼は眼鏡をかけている時は少しフクロウのように見えた。今はまた何か他のものに見えた。

私は最近悪について考えていて、それは意志ではなくその反対の、降伏の産物であることに気づき始めた、と私は続けた。それは欲望に直面して努力を放棄すること、自己努力を捨てることを表していた。それはある意味で激しい感情の状態だった。私はトニーと彼が階下に行ったことを彼に話した。トニーが怖がっていたことは確かだった。巨人たちに話す時、彼は彼らに逆らうこともコントロールすることもできなかった。その代わりに、彼は彼らの憎しみを映し出すことによって、彼らをなだめている自分に気づき、後で私にその失敗を意志のそして英雄的な行為にさえ変えようとして話したのだった。だが、彼は巨人たちが私について言ったことを覚えていることが私にはわかった。悪に抵抗することはできるが、それは一人でしなければならないことに、私は気づいた。一個人として立つか倒れるかのどちらかだった。それを試みる時には、あらゆるものを危険にさらした。悪は完全な自己犠牲によってのみ倒すことができるのかもしれなかった。問題は何もそれ以上の喜びを敵に与えないということだった。

彼は微笑んで、メニューを取り上げた。

あなたは物事を克服しているように私には思われます、と彼は言った。

彼は私に何を食べたいか尋ね、シャンパンを二杯テーブルに持ってくるように注文した。レストランは小さくて照明は薄暗かった。照明と覆いがついた快適な店内の穏やかさは、私が伝えようとしていることの鋭さを和らげるようだった。私たちが会うのにこんなに長くかかったのは不思議だ、と彼は言った。実際私たちが——簡単であったにしても——共通の友人から紹介されてからその日でほとんど丁度一年だった。それ以来、彼は共通の友人に何度か私の電話番号を尋ねた。彼は私が出席すると言われたパーティーやディナーに行ったが、私はそこにはいなかった。彼は何故共通の友人が直接に私に連絡することを阻止するのかわからなかった。いずれにせよ、彼は私に会うことを遮られていた——何故だかわからず——彼は最近もう一度共通の友人に私の電話番号を尋ね、直ぐに教えてもらったのだった。

まるで生きていることは次に何が起こるかを知るための予言の行為に過ぎないかのように、出来事の展開する中に他の人々が運命と呼ぶものを見始める程度まで、私の現在の無力感は、起こることのそして何故起こるのかの見方を変えてしまった、と私は言った。その考え——人の人生はすでに決められているものであるという——は奇妙に魅力的であり、それは行動しなければならないことを取り除いてくれるので、運命が人の人生をコントロールしていると考えるのは容易かった。自分を憎む階下の隣人とのひどい経験も含めて、あらゆることが起こる運命だった。だが、それは悪いことの説明には安易すぎた。それは他の人々を物語の俳優にしてしまい、自分を傷つける彼らの力を隠した。大人の生活でどのように行動するかの説明として子供時代について話す人もいるが、子供時代はどのような大人になるかの説明にはならなかった。何故なら子供は大人によってコントロールされているので、それは単に無力の経験だったからだ。長い間、私は物事をありのままに見ることを学べるのは絶対的な受動性によってだけであると信じていた、と私は言った。だが、自分の家を改装することによって混乱を起こそうという決心は、まるで私がねぐらで寝ている動物を混乱させるかのように違った現実を目覚めさせた。私は実際怒り始めた。私は力を望み始めた。何故なら、他の人々は最初からずっと力を持ち、私が運命と呼ぶものは、単に彼らの受動性の反響、誰か普遍的な物語作家ではなく、行動が激怒ではなく諦めによって応えられる限り、正義を避けようとする人々によって書かれた物語に過ぎないことに私は今気づいたからだった。私は受動性を捨て、行動しようと思った。

私が話している間、彼は泥炭か土を思い出させ、まるで眼鏡を外すことによって大人であるという盾も取り去ったかのように、今は奇妙に無防備に見える不思議な色の目で私を眺めていた。私はテーブルの上に食べ物が載った皿があるのを見たが、ウエイターがそれを持って来たことは覚えていなかった。彼は私が怒りに言及したことに心を打たれた、と言った。それは聖書からの言葉で暗に正しさという意味を含んでいたが、怒りはまさに確固とした道徳的個性を持たないために、人間の性質の中で最も不思議で危険である、と彼は信じてきた。

彼の父親は暇な時に手でものを作るのが好きだった、と彼は言った。家族の家の庭に小屋があり、父親はその中に作業場を作った。そこにあるものはすべて非常に注意深く整頓されていて、それぞれの道具は指定された掛くぎに掛けられ、異なる大きさのノミはいつも鋭利で、釘やねじは大きさによって棚にきちんと並べられていた。だから、父親はしている仕事にふさわしい道具をいつも都合よく選ぶことができ、彼の個人的な性質の行使も――その中には揺るぎないユーモアの感覚だけでなく、恐ろしい予測できない怒りも含まれていた――同じように前もって計画された統率のもとにあるように思われた。彼は特に怒りを計画的によく考えて用いたが、この制御する感覚は多分怒りそれ自体よりも恐ろしかった。というのは、怒りは制御できないものであるべきで、あるいは、もし人がいつどのように使うか決めるのに十分なほど怒りを制御することができるなら、その使い方は罪と言えるかもしれなかったからだった。

私は長いこと誰かがその言葉を使うのを聞いたことがなかった、と言うと、彼は微笑んだ。

「私は怒る神を決して信じませんでした」と彼は言った。

彼は父親の傍を注意深く歩く方法を学んだだけでなく、彼を喜ばせ、承諾を引き出す方法も学んだ。父親の綿密に考え抜いたやり方は、子供たちに同じ技術を教えたが、彼は美しい道具一式を扱わせるほど自分の息子を信用していなかった。彼はそれらすべてを遺言で義理の息子に残したが、その男は不愉快な人物で彼の娘を一年後に離婚したので、道具は永久に家族のもとから消えた。

彼の父親は自分が間違っている時でさえ、正しいふりをした。彼が生きていてそれを目の当たりにしても、多分その詩的正義を彼は理解しなかっただろう。父が亡くなってから何年もたって、彼のその時の妻と子供たちと共にフランスの田舎の農家で過ごした陰鬱な休暇で、彼が年配の家政婦に何かちょっとした親切なことをすると、彼女は翌日車の後ろに金属の箱をのせて戻ってきた。中には非常に見事な古い道具一式があり、それを彼に譲りたい、と彼女は言った。それは彼女の夫のものだったが、彼はずっと前に亡くなり、彼女はそれを持っていたが、誰か譲ることができると思える人を待っていたのだった。

彼が五歳か六歳の時、両親は彼と妹を座らせて、彼らは養子だと言った。彼は十六か十七歳まで模範的な息子で学生だったが、突然行儀よく振舞うのを止めた。彼はパーティーに行き、煙草を吸い、酒を飲み始め、試験に落ちて、大学に行く機会を失った。父親は彼を直ぐに家から放り出し、決してまた彼を受け入れることはなかった。こうした経験の結果として彼が導き出した正義の概念は応報ではなく、その逆だった。彼は自由になるために、自分の許す能力を伸ばそうとしたのだった。

許すことは、許せないことにさらされやすくなるだけのように思われる、と私は言った。

アッシジのフランチェスコは父親から勘当され、父親は親の持ち物の所有権を訴えるために彼を裁判所にまで連れて行ったが、その持ち物は、その時彼が背中に付けていた服に過ぎなかった、と私は付け加えた。聖フランチェスコはその場で、裁判所でそれを脱ぎ、父親に返し、その後、他の人々が純潔と呼ぶ状態で生活したが、それはまったくの虚無主義である、と私は思った。

彼はまた微笑んだが、私は彼の曲がった歯に気づき、それはどういう訳か、彼が話した反抗と見捨てられることの実例に関係があるように思われた。彼はまだ父の服の多くを持っていて着ている、と言った。父親は彼よりも大きくて背が高かった。彼は服を着ることによって、どういう訳か、肉体的そして道徳的な面で父親の良かったものを自分に包み込んでいるように感じた。

私は彼が実の両親を探そうとしたかどうか尋ね、それは養父の死後、彼が四十代前半までかかったが、その頃までには実の父親も亡くなっていた、と彼は言った。彼は母親の記録を何も見つけることができなかった。彼の父の双子の兄弟がまだ生きていた。彼はミッドランズの平屋住宅まで車で行き、彼がいる間中ずっとテレビがつけられたままのフラシ天の絨毯が敷かれた暖房が効きすぎた居間で、彼は初めて血のつながった親戚に会った。彼はまた養子縁組を仲介するところを調べ、彼が生まれた頃そこで働いていた女性と連絡を取った。彼女はそこで受け渡しが実際行われた部屋――ナイツブリッジにある建物の最上階の部屋――について説明した。そこに行くには数階上らなければならず、母親は子供を抱いて上った。一番上で、木のベンチ以外は何もない部屋に彼女は入った。彼女はそのベンチの上に赤ん坊を置き、部屋から出て階段を下りて行った時に、やっと隣の部屋――彼らはそこで待っていた――から養父母が入り、置かれているベンチから赤ん坊を抱きあげた。

両親が彼を養子にした時彼は生後六週間で、彼らは実の母親が選んだものではなく彼らが好きな名前を彼に付けた。彼らが彼を家に連れて行くと、彼は泣き始め、泣くのを止めなかった、と彼は言われた。両親が子供を養子にしたのは間違いだったのではないかと思い始めるほど、彼は昼も夜も泣いた。彼が思うに、――二か月の赤ん坊に生き残る意志があると考えるのはそれほど非現実的ではないとしても――その時点で彼は泣くのを止めた。一年後に彼らは女の子を――彼の血のつながらない妹を――養子にして、家族は完成したと思われた。彼が生まれた時に付けられた名前を教えてくれるかどうか、私は尋ねた。彼は無防備に見える目で一瞬私を見た。ジョンです、と彼は言った。

養子縁組の文献がある、と彼は続けた。そして子供の頃を振り返ってみると、それは一連の架空の出来事のように彼には思われた。その時現実だったものが、今は――ある観点からは――ほとんどゲームのように、誰かが目隠しをされ、彼らが誰であるか――参加者はすでに知っている――を見つけるために手探りで探すのをみんなが眺めるゲームのように思われた。彼の妹は彼とは違って、反抗的で手に負えなかった。彼はその後、それは共通の――ほとんど避けがたい――養子関係のきょうだいの特徴であり、一人が従順な役割をし、もう一人は反抗の役割をすることを本で読んで知った。彼の十代の爆発、隠し立てをすること、喜ばせたいという願望、女性に対する感情、二回の結婚とその後の離婚、彼が最も自分らしいと信じているもの、彼が心の奥に抱いている名状しがたい感覚さえ、そうしたものすべてが事実上前もって定められ、起こる前に説明されていた。彼は最近これまでずっと守ってきた道徳の枠組みから自分が流されているのに気づいた。何故なら、前もって定められているという感覚のために、意志を働かせることはほとんど無意味に思われたからだった。私が受動性について言ったことに彼は共感したが、彼の場合、それは彼に現実は不条理であると思わせた。

私が前にあるものをみんな食べたのに、彼は何も食べていないことに気づいた。ウエイターが来ると、彼は手を付けていない皿をさげるように手を振った。彼と妹は非常に異なるがそれでいて奇妙によく似ている人生を送ってきた、と彼は私の質問に応えて言った。彼女は旅客機の客室乗務員で、彼もまた飛行機でほとんどすべての時間を使い、世界中の会合や会議に行った。私たちのどちらもどこにも属していません、と彼は言った。彼のように、妹も二回結婚して、離婚した。旅行以外は、それが彼らに共通するすべてだった。子供の頃、彼らは情熱的に愛し合った。厳しい両親が彼らを監督なしに家に残したまれな機会に、彼らはレコードをレコードプレーヤーの回転盤の上に載せ、服をみな脱ぎ、踊ったことを彼は覚えていた。彼らは熱狂的に激しく甲高い笑い声をあげながら踊った。彼らは手を取り合ってベッドの上で飛び跳ねた。六歳か七歳の時、彼らは大人になったら結婚しようと約束した。彼は私を見て微笑んだ。

どこかに飲みに行きませんか？　と彼は言った。

私たちはコートとバッグを持ち、レストランを出た。外の暗い風の吹く通りで、彼は立ち止まった。それはここでした、と彼は言った。まさにここでした。覚えていますか？

私たちは一年前私たちが出会った同じ場所に立っていた。私は歩道で私の車の傍で待っていた。私が鍵を失くしたため、誰かが車をレッカー車で移動するために来ることになっていた。その時一緒にいた男性は、中にあるバッグを取るために近くの建築現場で見つけたコンクリートブロックで窓をたたき割った。彼は私をそこに残していった——彼は行かなければならない重要な会議があった——そして私は彼がしたことを理解したが、自分が彼を許せないことに気づいた。窓が割られた時、警報が鳴り始めた。三時間の間、私は甲高い音を聞きながら、そこに立っていた。ある時点で、私の知っている人——共通の友人——が道の向かい側のカフェから出て来た。彼はもう一人の人と一緒で、彼らは私が立っているのを見ると、道を渡って私に話しに来た。私は共通の友人に何が起こったかを話し、話している時に彼の連れをどんどん意識するようになり、彼に向かって自分が話していることに気づいた。それが今私の傍に立っている男性だった。彼は特にこのレストランを選んだことを微笑みながら認めた。車の傍の会話の後、彼と共通の友人は立ち去ったが、角を曲がると直ぐに、彼は立ち止まって、戻って私を助けるべきだと共通の友人に言った。

でもどういう訳か、私たちはそうしませんでした、と彼は言った。私は彼にそうさせるべきでした、と彼は言った。私は強く主張すべきでした。彼が立ち去った瞬間を覆すのに丸一年かかった。彼は私をなかなか捕まえられないことを罪に等しい罰だと解釈した。だが、彼は自分の刑にやっと服した。

彼は手を差し出して、彼の指が私の腕を旋回するのを感じた。手はがっしりとして重く、古代の型に入れて作られた大理石の手のようだった。私はその手と彼のコートの袖の濃い毛織の素材と彼の肩の盛り上がった広がりを見た。まるで私が急斜面をやっとそれた車の乗客であるかのように、溢れるような安堵感が私の中を激しく流れた。

フェイ、と彼は言った。

その夜遅く私は家に帰り、暗い埃の臭いのする家に入った。トニーはすでに防音の羽目板をジョイントに取りつけたことがわかった。それらは完全に釘付けされ、密閉されていた。彼とパベルは床を仕上げるために遅くまで残っていたに違いないことに私は気づいた。部屋は静かで、足の下でがっしりしていた。私は新しい表面を歩いた。私は後ろの扉のところに行き、扉を開けて、外の石段に座った。今、空は晴れていて、はち切れるほどたくさん星が出ていた。私は座って、闇から押し出される光点を眺めた。地下の扉が開き、足を引きずって歩く音と闇の中でポーラが息をする重苦しい音が聞こえた。彼女は私たちを隔てる垣根に近づいて来た。彼女は私が見えなかったが、私がそこにいることはわかった。彼女が近づいて来て、顔を垣根に向けた時、彼女の服と息の耳障りな音が聞こえた。

性悪女だ、と彼女は言った。

Ⅸ

金曜日の夜に、私は従兄弟のロレンスに会うためにロンドンを出て東に車を走らせていた。彼は最近引っ越したのだが、エロイーズという名前の女性のために妻のスージーのもとを去り、その過程でウィルトシャーのある村から数マイル離れた、似たような大きさでタイプの村に移転しなければならなかった。この出来事のために、友達や家族は激怒し、非常に驚いたが、それはロレンスの生活の外見にはほとんど痕跡を残さず、彼の生活は前と同じように続いているように見えた。実際新しい村は、前の村より望ましく、絵のように美しくて、コッツウォルズに近く、自然なままだ、とロレンスは言った。ロレンスとエロイーズとエロイーズの二人の子供たちが新しい家庭を作り、ロレンスの幼い娘は両親の間を行ったり、来たりした。

前の夏のある晩、私は古い家の台所の暗がりに立って、悪い予感を感じながら電話に出て、ロレンスの声を聞いたが、それは今まで聞いたこともないような声だった。私が何処にいるのか尋ねると、ローマだと、彼は言った。実際背後に街の騒音が聞こえたが、最初の印象——それはその時ロレンスは恐れと畏怖を抱いて見下ろしている無限の何もない広がりに囲まれているというものだった——は残った。彼はローマで何をしているのかという私の問いに答えなかったので、私は黙ってしまい、彼が愛していると信じている女性と一緒になるために、結婚を終わらせる瀬戸際にあると私に話すままにさせた。この危機は数か月で高まったが、ここローマで限界を破り、切迫した、と彼は言った。その女性エロイーズは彼と一緒に街にいた——彼は仕事でそこにいて、エロイーズを同伴したが、その事実をスージーはまだ知らなかった——だが、彼は考えるために、散歩に出かけた。彼が私に電話をしたのはその散歩の途中だった。ここは三十八度だ、と彼は言った。あらゆるものが非現実的に感じられる。僕は泥にまみれて気を失って通りに横たわっている女性の横を通った。僕は何処にいるのかわからない。太陽は沈んだが、どういう訳か暗くならない。光が何処でもないところから来るように感じられる。時が止まったようだ、と彼は言ったが、それは彼がもう未来を確認するかあるいは想像さえできないという言い方だ、と私は思った。

大丈夫よ、と私は言った。

大丈夫なのかそうではないのか僕にはわからない、と彼は言った。

電話で彼は今読んでいるカール・ユングに関する本について私に話し始めた。

僕の全人生は偽物だった、と彼は言った。

その認識もまた偽物ではないと信じる理由はない、と私は言った。

これは自由についてだ、と彼は言った。

自由はあなたが一度去り、二度と戻れない家庭だわ、と私は言った。

「ああ、困った」とロレンスは言った。「ああ、困った。僕は何をしたらよいのかわからない」

だが、彼がすでに決心していることは明らかだった。

それ以後、私はロレンスにあまり会わなかったが、私の知る限りでは、彼とエロイーズは一緒に平和に暮らしていた。スージーの怒りは、彼らの幸せをまったく壊す手前の何処かで止まった。彼女は最初の頃私に一度電話してきて、彼女の側の話をしたが、それは長い不気味な話で、ロレンスに同情するというおそらく意図しない結果をもたらした。彼女はすべての友達や親戚に明らかに同じように電話した。ロレンスはこの激しい批判を静かに、陰鬱に耐えた。ある期間、彼の顔は歯ぎしりするような固まった表情をしていた。スージーは金銭的な和解で彼を骨抜きにし、それから、その時満足しなかったにしても、おそらく少なくともなだめられ、彼女は引き下がった。ロレンスは贅沢が好きだったので、お金を失ったことが彼にどのような影響を及ぼしたかと私は思ったが、彼は自分とエロイーズがお金に困っていることを暗に示すようなことは決して言わなかった。

高速道路が広がった後で、旅は、村落は通らないように思われ、霧に覆われた暗い田舎を長々と蛇行する狭い曲がりくねった道を連続して辿った。時々、車が反対側から来て、ヘッドライトが白い霧の中に二つの黄色い穴をあけた。ぼんやりした木の形が氷に閉じ込められた物体のように道端に微かに見えた。ある地点では霧が非常に濃かったので、見通しがきかなかった。車は探るように進み、曲がり角が思いがけなくぼんやりと現れると、時々、急な縁にぶつかりそうになった。道は果てしなくゆっくりと単調に広がり、すぐ先にある部分を示すだけだった。私はいつでも衝突する可能性があった。危険の感覚は、まるで何か束縛するものか障害物が結局は取り壊され、何か境界が壊され、その反対側には解放があるかのように、ほとんど楽しい期待感と混ざり合っていた。私の携帯電話のメールが鳴った。どうぞ気を付けて、と書かれていた。ロレンスの家に着いた時、私は震える手でエンジンを切り、砂利を敷いた私用道路の暗闇と静けさの中に座り、金色の照らされた窓を見ていた。

しばらくすると、ロレンスが出て来た。彼の青白い顔が車の窓のところに不審そうにぼんやりと現れた。家は、塀で囲われた庭に囲まれた、年を経て膨れた煉瓦の壁のある長く低い田舎の邸宅だった。暗闇と霧の中でも、あらゆるものがよく手入れされ、きちんと片づけられていることがはっきりわかった。玄関の入り口の上の車用の明かりが大きな明るい光を放っていた。砂利はならされ、灌木と生け垣は滑らかな形に刈り込まれていた。ロレンスは手に煙草を持っていた。私は車から出て、彼が煙草を吸い終わるまで待っていた。

「エロイーズは僕が煙草を吸うのを嫌うのだ」と彼は言った。「それは僕たちの生活が危機的状態にあると感じさせる、と彼女は言うのだ。もしそれが危機なら――」と彼は煙草の吸殻を暗い灌木の中に投げ入れた――「それでは、それはずっと続くものだ」

ロレンスは痩せた。彼は贅沢な身なりをして、外見は前よりもこぎれいで、整っていた。彼には微かにもったいぶった活気、ほとんど興奮している雰囲気があった。彼は危機を否定したが、田舎の邸宅の外に立って、彼はどこか中産階級の生活を描く劇の俳優のように見えた。私の他にも客がいる、と彼は中に入る前に言った。ロンドンから来たエロイーズの友達と、近くに住む共通の友達だった。共通の友達は彼とエロイーズが出会うきっかけを作り、しばしば家を訪れた。

「僕たちはずっと祝っていたいのだ」とロレンスは渋面のような微笑みを浮かべて言った。

彼は大きくてがっしりした玄関の扉を開け、私たちは暗い廊下を通って、光に縁どられた別の扉のところに来たが、その向こうから音楽と話声が聞こえてきた。それを開けると、一瞬燃えているのかと思うほどたくさんの蝋燭で照らされた大きな天井の低い部屋に出た。その部屋は非常に暖かく、ロレンスの前の生活では見覚えのない家具が置かれていた。現代的な立体形のソファ、ガラスと鋼鉄でできた大きいコーヒーテーブル、動物の生皮で作られた敷物。いくつかの見覚えのない現代的な絵が壁に掛かっていた。まるで舞台のセットのように、ロレンスがどのようにしてこのすべてをそんなに早く創ったのか、と私は思った。エロイーズと二人の女性がコーヒーテーブルを囲んで低いソファに座り、シャンパンを飲んでいた。部屋の反対側の端には、数人の子供たちが床の上に集団で座ったり、横になったりしてゲームをしていた。年上の少女が彼らの傍にいて、椅子に座っていた。彼女はベールのように腰まで伸びた目立つ真っすぐな赤い髪を持ち、彼女の大きなむき出しの白い手足全体を見せる、とても短い、袖のない赤い服を着ていた。足には、数歩以上歩くのは難しいほど高い尖ったヒールのストラップの付いた赤い靴があった。

エロイーズは私に挨拶するために立ち上がった。他の二人の女性はそのままそこにいた。エロイーズは優雅にドレスを着て、顔は念入りに化粧していた。彼女の二人の友達もドレスを着て、ハイヒールを履いていた。彼女たちはみな、ここ、霧に閉ざされた、暗い田舎に居るよりも、どこか盛大なパーティーに出かけるのを待っているように見えた。彼女たちに見とれる人が誰もいないのはもったいないように思われた。エロイーズは近づいて来て、私の服を引っ張り、舌打ちした。

「いつもこんなに暗い」と彼女は言った。彼女の香水の匂いがした。彼女自身はクリーム色の糸で編んだ柔らかいドレスを着ていた。彼女はさらに近寄り、私の顔を念入りに調べた。彼女は指先で私の頬にさっと触れ、それから後にさがり、指先を調べた。「あなたは肌に何を塗っているかと思ったところよ」と彼女は言った。「あなたはとても顔色が悪いわ。これは――」と彼女はまた私の服を引っ張った――「あなたの魅力を台無しにしているわ」

彼女は私を二人の女性に紹介したが、彼女たちは立ち上がらず、ソファに深く座ったまま、むき出しの腕を伸ばして、マニキュアをした指で私と握手した。彼女たちの一人は、口紅を塗った肉感的な唇と長く細い骨ばった顔を持った、色の黒い、とてもほっそりした女性だった。彼女はまとわりつくような豹柄のドレスを着て、がっしりとした喉には重い金色の首輪のようなネックレスを付けていた。もう一人はふわふわした金髪の北欧人の近寄りがたいような美人で、その美しさは、彼女が身を包んでいるぴったりとした白い服によって際立った。隅にいた子供たちは落ち着きがなくなり、やがて鋼と綿モスリンで作った羽を背中に付けた小さい少女が、集団から抜け出してやって来て、私たちの傍に立った。金髪の女性は外国語で彼女に何か言い、少女はすねて応えた。それから、少女はソファの後ろに上り、その成り行きを女性は無視しようと最善を尽くしたが、小さい少女は彼女の後ろにいて、女性の首にしっかりと腕を巻き付けて、彼女の上に身を投げかけた。

「エラ！」と彼女は驚いて言った。彼女は自分の体を放そうとしたが無駄だった。「エラ、何をしているの？」

子供は狂ったように笑い、口を開け、頭をそらせて、女性の背中に腹ばいになった。彼女のピンクの歯肉の中の小さい歯の根が見えた。それから、彼女は女性の肩に上り、まだ女性の首にぶらさがったまま、彼女の膝に体をどっしりと投げ、そこで身もだえし、のびのびと脚をばたつかせた。女性はこの状況をコントロールしたくないのか、あるいはできなかったので、まるでそれが起こっていないかのように振る舞う他に手段はないようだった。

「ロンドンからここに車でいらしたの？」と彼女は苦労して私に尋ね、一方、子供は彼女の膝で身もだえしていた。

子供が明らかに彼女を窒息させるほど彼女の首に腕をきつく巻き付けていたので、彼女の見せかけに加担するのは難しかった。その時運よく、ロレンスが通りかかり、子供や羽やすべてを難なく女性の膝から引き離して、急に元気がなくなって抵抗しない少女の体を部屋の反対側の隅へ楽々と運んで行った。女性はいくつかまだ赤い痕跡が残っている喉に手を置いて、彼を眺めていた。

「ロレンスはエラの扱いがとても上手なの」と彼女は言った。彼女はまるで丁度起こった出来事の当事者というより、それを見ていたかのように、穏やかにほとんど客観的に話した。彼女にはほんの少し引き延ばして話す訛りがあった。「あの子は彼を恐れずに彼の権威を認めるのだわ」

彼女の名前はビルギットだった。彼がエロイーズと親しくなって以来ずっと、彼女はロレンスの行動や性格をじっくりと学ぶようになった、と彼女は私に言った。エロイーズは彼女の最も古い友達の一人だった。彼女はロレンスがエロイーズに十分ふさわしいことを確かめたかった、と言った。最初、彼は彼女がじろじろ見たり、彼の言ったり、したりすることに意義を唱えるやり方に腹を立てたが、結局、彼らは親しくなり、エロイーズが寝た後もしばしば起きていて話をした。下の息子に睡眠の問題があって、夜中に何度か起きるので、エロイーズはとても疲れていた、と彼女は付け加えた。一方、上の息子は学校で奮闘していた。エロイーズはロレンスにたてつくエネルギーがなかった――彼は自分の思い通りにするのが好きだった――それでビルギットがエロイーズのためにそうしたのだった。

「前にもエロイーズに関しては同じようなことを見たわ」とビルギットが言った。「彼女は実際はとても従順なのに自立した印象を与えるので、男性は彼女が好きなのよ。彼女は弱い者いじめをする男たちを惹きつけるのだわ」と彼女は小さい鼻に皺を寄せて付け加えた。「彼女の前の夫は完全に利己的な人だった」

ビルギットは神秘的な淡い緑色の並外れて長くて細い目をしていた。彼女の髪も淡く——ほとんど白かった——そして蝋燭の光の中では、彼女の肌は大理石のような継ぎ目のない硬さを持っていた。私は彼女に何処の出身かと尋ね、彼女はスウェーデンで生まれ、育ったが、十八歳以来この国に住んでいる、と言った。彼女はこの国の大学に来て、彼女の夫と——仲間の学生と——最初の学期に出会った。彼らは大学の休暇の間に結婚して、仲間の学生たちは非常に当惑したのだが、夫婦となって戻ってきた。ジョナサンは今晩来られなかった、と彼女は付け加えた。彼は仕事が忙しく、また彼女とエラが一緒に旅行するのは良いだろうと思ったのだ。彼女はエラと二人きりで何処にも車で行ったことがなかったので、運転しないことに決めた。その代わりに、彼女たちは列車に乗った。

「だからあなたに車でいらしたかどうかお尋ねしたの」と彼女は言った。「私は車を運転するのが怖かった」

私は彼女が怖がるのはもっともだ、と言い、彼女は頭を振りながら、非常に落ち着いて私の言うことを聞いていた。

「何かを怖がる時」と彼女は言った。「それはしなければならないことのしるしだわ」

彼女自身いつもその考え方で生きてきたが、エラが生まれて以来、自分がそれを度々守っていないことに気づいた。ジョナサンと彼女は、子供を持つまで長い間待った。彼女は四十歳の誕生日に妊娠していることがわかった。私たちは最後の可能な瞬間まで待ったと言えるでしょう、と彼女は言った。二人目の子供を持つことは生物学的にはもちろん不可能ではなかった――今、彼女は四十四歳だった――でも彼女はそうしたくなかった。二十年以上も二人だけで暮らしてきた後で、彼らの生活にエラを入れるのはなかなか難しかった。彼らは十八歳の時のように、もう柔軟性がなかった。すでに定まったものに新しい要素を持ち込むことは非常に難しかった。ジョナサンと私が自分たちのやり方に凝り固まっていたというわけではないけれど、と彼女は付け加えた。でも、私たちはそのままでとても幸せだった。

彼女はシャンパンのグラスに手を伸ばして、ゆっくりと一口飲んだ。彼女の背後には、窓のところに霧がぼんやりと淀んでいた。私は彼女の年齢に驚いたが、少なくとも十歳は若いと思っていたのだった。それでも、彼女の若さは行動的な自衛の非常に活発な若さではなかった。むしろ、彼女は太陽に当たらないので色があせないままのカーテンのひだのように、単にさらされることを避けてきたように見えた。

私はどのくらいよくスウェーデンに戻るのか、と彼女に尋ねた。

滅多に戻らない、と彼女は答えた。彼女は時々エラとスウェーデン語で少し話をしたが、それ以外は過去とのつながりはほとんどなかった。彼女の夫――エラの父親――はイギリス人で、彼らは非常に若い時に結婚したので、スウェーデンは子供時代を表し、イギリスは大人の生活の舞台のように彼女には感じられた。彼女の父親はまだむこうで暮らしていて、きょうだいも何人かいた――家族には五人子供がいた――けれど、仕事の予定が非常につまっていたので、彼女には家族を訪れる時間はあまりなかった。彼女とジョナサンが休暇を取るなら、彼らは暖かい異国的なところ――タイやインド――に行くことの方を好んだが、もちろん今はエラがいるので、そのような旅行はできなかった。でもまた、彼女は自分の家族がどんなに変わったか思い出したくはなかった。彼女は子供時代のままを思い出すほうが好きだった。

部屋の反対側の隅で、何らかの争いが起こった。エロイーズの息子の一人が泣いていた。もう一人は玩具を手に入れようとして、ロレンスの娘と取っ組み合いの喧嘩をしていたが、玩具は引っ張られて壊れたので、ロレンスの娘は後ろに倒れ、泣き始めた。ビルギットの娘は年上の息子を罰するためにプラスティックの細い棒で叩き始めた。赤い服を着た少女は、椅子にじっと座って、目を丸くして無表情な顔でこの出来事を眺めていた。彼女は赤い髪の頭を静止していた。彼女の手は膝の上で組まれていた。彼女はハイヒールを履いた長いむき出しの脚をぴったりと合わせていた。彼女の服は肌もあらわだったが、彼女はまるで服の中に閉じ込められているように見えた。

エロイーズは仲裁するために立ち上がったが、数秒後にはすべての側から手荒く扱われ、年下の息子は彼女のドレスにぶら下がり、年上の子は白い小さい拳で彼女の腰を殴り、みんなが甲高い声で叫びながら、自分の側の話をした。豹柄のドレスの女性は、シャンパンのグラスを手にソファに座ったまま向きを変え、部屋の向こうにいる赤い髪の少女に細い体から出てくるには驚くほど大きな声で話しかけた。

「ハリエッタ」と彼女は呼んだ。「ハリエッタ！　あなたが子供たちの面倒を見ることになっていたでしょう？」

ハリエッタはさらに目を丸くして彼女をじっと見て、それから頭をゆっくりと子供たちの方に向けた。彼女は唇をほとんど動かさずに何か言ったようだが、誰も注意を払わなかった。

「まったく」と豹柄のドレスの女性が顔を背けながら言った。「どうして私がわざわざ口を開くのかわからないわ」

ロレンスは手にグラスを持ち、脚を組んで、ソファにゆったりと座り、部屋の反対側の隅でエロイーズが苦戦しているのに気づかないように見えた。

「ロレンス」とビルギットは彼を眺めながら言った。「行って、彼女を助けてあげなさいよ」

ロレンスは微かに脅すような笑みを彼女に向けた。

「僕たちは子供たちの喧嘩にはかかわらないことに同意しているのだ」と彼は言った。

「でも、彼女に全部一人で処理させておくことはできないでしょう」とベルギットは言った。

「もし彼女が合意を破ることを選ぶのなら」とロレンスは言った。「それは彼女の責任だ」

エロイーズの息子は足を床から離したので、彼はエロイーズのドレスにまったくぶら下がっていた。柔らかい素材は直ぐに破れ、丁度前のところが引き裂かれ、レースの藤色のブラジャーをつけたエロイーズの青白い胸が露わになった。

「これはひどいわ」とビルギットは顔を背けながらつぶやいた。

「彼女は自分で処理しなければならないのだ」とロレンスは口を堅く閉じて言った。

エロイーズはドレスの前をぐいと掴んで、ハイヒールを履いてパタパタ音を立てて通り過ぎた。数分後に彼女は別のドレスを着て戻って来た。

「それは素敵だわ」と豹柄のドレスの女性が前に身をのり出して、指で素材に触れて言った。「前に見たことがあったかしら?」

エロイーズが座ると、直ぐにロレンスは立ち上がった。それはまるで彼女がすることが何であれ、その反対のことをすることによって、彼は自分を彼女の行動から遠ざけているように見えた。彼は冷蔵庫に行き、もう一本シャンパンを取り出して、それを開けた。

「彼は自尊心の強い男だわ」とビルギットは彼を見ながら、言った。「そしてある意味で」と彼女は付け加えた。「彼は正しいわ。もし彼らが子供たちに関してセンチメンタルになり始めたら、彼らの関係はダメになってしまうでしょう」

彼女自身の両親は本当のラブ・ストーリーだった、と彼女は言った。結婚している間中ずっと、彼らはとても年の近い五人の子供を育てていたので、家族のアルバムの中では、彼女の母親は数年間絶えず妊娠しているように見えたが、両親のお互いを思いやる気持ちは決して揺るがなかった。彼らは若い親で、疲れを知らないいくらいエネルギッシュだった、と彼女は付け加えた。彼女の子供時代はキャンプに行ったり、船で旅行したり、親の手作りの小屋で夏を過ごしたりした。彼女の両親は決して自分たちだけで休暇に出かけず、家族の行事をすべて厳粛に行い、両親がいない夕食を一度も思い出せないほど毎晩台所のテーブルを囲んで子供たちと一緒に食事をしたが、それはたとえあったとしても、彼らは滅多に一緒に食事に行くことはなかったということを意味していた。一方、ジョナサンと私はほとんど毎晩レストランで食事をするの、と彼女は付け加えた。彼女は朝早く仕事に出かけ、夜遅くに帰って来るので、エラが食事をしているのをほとんどまったく見たことがないけれど、もちろん乳母がジョナサンとビルギットが指示したように彼女に正しい食事を与えるの、と彼女は続けた。正直に言うと、私は実際エラの食事時を避けているわ——代わりに、オフィスでする仕事を見つけているの、とビルギットは言った。エラが生まれてから、ジョナサンは、それが彼の家族のしきたりだったので、エラのためにそれを繰り返すべきだと思い、日曜日の昼食に肉とジャガイモを焼き始めた。

でも、私は昼食をそれほど食べたくないし、エラは気難しいので、結局ジョナサンがそのほとんどを自分で食べているわ。

彼女の両親は、子供たちが何曜日かわかるほどよく覚えているようになった一週間分の回転する献立を作った。彼女の子供時代のリズムは、こうした繰り返される味や食感や長いゆっくりとした季節の繰り返し、決して変わらない誕生日のケーキ、彼らそれぞれに違ったケーキで、毎年同様に五つのケーキによって区切られる、夏と冬の食べ物の微妙な相違やごくわずかな変化の中に現れていた。彼女は夏に生まれた。彼女のケーキはメレンゲとベリーと生クリームの美しい層になった形のもので、すべての中で最高だった。彼女がスウェーデンに帰りたくない理由の一つは食事のためだったが、それは思い出で彼女を圧倒するが、彼女の口に苦い味を残したからだった。というのは、それは馴染み深いと思われるが、実際はまったく馴染みがないからだった。

私は何がその不一致の原因なのかと尋ね、彼女は明らかに彼女の目に似ているために選ばれた、首に銀の鎖でかけている緑色の石をいじりながら、しばらくの間、答えなかった。

確かにある時点で――彼女が十二歳か十三歳の時――家族の生活への彼女の参加に、何かが、言葉で表せないほど微かで感知できない何かが変わった、と彼女は言った。でも、彼女は平日の普通の灰色の午後、学校から家に向かって歩いている時にこの変化が起こった瞬間をとてもはっきりと覚えていた。彼女は歩道から道に降り、突然正常な状態が狂う感覚、ほとんど何かが壊れる感覚を抱いた。彼女はその感覚が去るのを待ったが、それは去らなかった。その感覚を抱いたまま彼女は家に帰り、翌朝目覚めると、それはまだそこにあった。彼女は、前に言ったように、それを言葉で表すことができなかったが、その日から、彼女は生活を自分がその一部ではなく、外から眺めていると感じるようになった。彼女は両親やきょうだいが座って話したり、テーブルを囲んで食事をするのを眺め始め、彼女は何にもましてこうした食事や会話の中に戻りたいと思ったが、できなかった。ある時点で、みんなに気づかれずに家族を録音し始めたのは、多分この非現実感のためだった。

彼女はもらったカセットプレーヤーを使い、それを台所のテーブルの傍の棚に置き、毎日テープを取り換えた。両親はそれに気づかなかったが、間もなくきょうだいが気づき、しばらくの間、彼らがテーブルを囲んで座り、食事をするのを一時間かそれ以上繰り返し聞くのが、彼らのある種の執念となった。彼らの誰も自分の声を聴くことには特に興味がなかった。彼らが聴いているのは両親の声だった。時々、彼らは父と母の会話の特定の断片を何度も彼女に再生させた。彼らはそれを徹底的に分析して、言葉の背後にあるあらゆる可能な意味を解明しようとした。彼女は今になって気づいたのだが、彼らは両親の関係を見抜こうとしていたけれど、そうすることはなかなかできなかった。何故なら、彼らは毎晩新しい録音をして、また作業を始めるからだった。結局、彼らは両親が話すのを何百時間も聴いたに違いないが、母も父も彼らの愛の秘密にひびか裂け目を与えるような言葉は一度も一言も発しなかった。

私はまだテープを持っているか、と尋ねた。

もちろん、と彼女は言った。私は数年前にテープをデジタル化したの。原物は全部私のオフィスの大きなキャビネットの中に日付順に保管してあるわ。母が亡くなった時、きょうだいはそれを欲しいと言ったけれど、私は断った。私たちはそのことで口論した、と彼女は付け加えた。それは少し悲しいわ。今では、私たちはお互いにもう会わないの。

母親が亡くなった後、父親は直ぐに再婚した、と彼女は続けた。ある日、一軒一軒掃除用品を売る女性が家に来て、父親は彼女と結婚した。彼らは彼女たちの子供時代の美しい家を売って、街の良くない地域のひどく醜い平屋住宅に引っ越した。その女性自身もひどく醜く下品で肥っていて、ビルギットのほっそりとして美しい母と正反対だった。最近、父親は浮浪者のようにみすぼらしく汚い格好で暮らしていて、彼のお金はすべてなくなってしまった。彼女のきょうだい達は女性を訴えようとしたが、父親が進んですべてを彼女に与えたことがわかり、その中には家族の工芸品もすべて含まれていたが、彼女はそれを売るか捨ててしまった。彼女は彼を平屋住宅に一緒に住まわせてはいるが、彼を犬のように扱った。そのようなことが起こった時には、ビルギットはすでにイギリスに向かってスウェーデンを離れていた。彼女がいない間に、彼女の過去のすべてがなくなってしまった。アルバムさえなくなった――もしテープがなかったら、彼女はそれが起こったことをまったく証明できなかっただろう。

ロレンスが食事をするためにテーブルに来るように私たちを呼び、他の人たちもソファから立ち上がった。

私は彼女にまだ非現実感を抱いているのか、何故それがまず第一に生じたと思うか、と尋ねた。エラは戻って来て、私たちの傍に立ち、間もなくするりと体をビルギットの膝にのせ、頭を彼女の胸に置いて、親指をなめていた。ビルギットはぼんやりと彼女の黒い髪を撫でて、奇妙な目を上げて、私の目を見た。

「そういう質問をしてくださったことは嬉しいわ」と彼女は言った。「でも、あなたがどうして知りたいのかわからない」

ロレンスがまた私たちを呼び、ビルギットは子供を下ろそうとしたが、エラは嫌がって彼女にしがみついたので、彼女は腕にエラを抱えて立ちあがろうと苦戦して、幾分困ってそこに立っていたが、ロレンスが彼女を連れに来た。

「さあ、いたずらっ子」と彼は言って、霧に覆われた窓の下のディナーのために入念に準備された長いテーブルのずっと端のところに彼女を運んで行った。

子供たちはテーブルの一方の端に座っていて、大人はもう一方に座っていた。赤い髪の少女は真ん中に座った。私はエロイーズの向かい側の席で、しばらくの間、私は彼女の目が心配そうに客の上をあちこち動き、指がドレスや髪をひらりと触れるのを眺めていたが、彼女は何か確かめるかのようにドレスや髪に触れた。彼女は優しい可愛い顔で、いつも泣き出しそうに見えるピンク色の縁の目をしていて、まるで目と釣り合いを取るかのようにしばしば雄々しい笑みを浮かべた。彼女はスージーとはまったく違っていた。スージーは背が高く強くて多弁な女性で、よく指図をしたり、実際的なことを管理したが、彼女の組織する力は非常に強かったので、自分のそしてロレンスの生活の予定をずっと未来まで立てて、ずっと先のある日、月、時には年に、彼らが何処にいるか、何をしているかを人に告げることができた。スージーと一緒にいると、ロレンスはだんだん辛辣に、そして非協力的になったが、彼女だけが気がつかないようだった。というのは、私が思うに、彼女は鈍感だったからだった。それでも、彼女の執拗な未来の予想の中で、ロレンスがいないことが彼女の心をよぎらなかったことは特に残酷に思われた。ロレンスによると、彼女は最近孤独で、――いつも上手くいくわけではなかったが――エロイーズと彼に対して礼儀正しく、寛大に振る舞おうとさえした。私は彼にスージーが私の息子たちにクリスマス・プレゼントを贈ってくれたことを話した。品物は非常に注意深く美しく包装されていたので、まるで包装の下にあるものは何か玩具かゲームではなく、無邪気そのもの、一度露わにされれば結局弱まるか見捨てられてしまう善意の無邪気さであるかのように思われ、私はそれを見てとても悲しくなった。この無邪気さはロレンスが彼女のもとを去った前と後のスージーの行動の文書化された異常さよりもずっと現実的なように突然思われた。その時――彼には言わなかったが――私は、彼に戻って彼女への約束を守って欲しいとだけ思った。

エロイーズは私が自分を見ていることに気づくと、直ぐに散漫になっていた注意を集めて、私の方に明るい笑顔を向けた。彼女は胸のところで手を組んで、まるで内密の話をするようにテーブル越しに身をのり出した。

「私はすべてを知りたいわ！」と彼女は言った。

彼女の下の息子のジェイクが、自分の席を離れて、彼女の肘のところに立っていた。彼は彼女の腕を軽く叩いた。

「どうしたの、ジェイキー？」と彼女は困ったように頭を向けた。

彼はつま先立ちをして、彼女の耳に囁き、彼女は顔に辛抱強い表情を浮かべて、聞いていた。彼が話し終わると、彼女は中座し、立ち上がって、エプロンを腰に付けて、オーブンから食べ物を出しているロレンスのところに行った。

彼女が行っている間に、ジェイクは火星に行ったことがあるか、と私に尋ねた。私はないと言った。

「僕はその写真を持っているんだ」と彼は言った。「それを見たい？」

彼は去って、本を持って戻って来て、それを私の前のテーブルに開いて置いた。

「これが何だかわかる？」と彼は指さしながら言った。

私は足跡のように見える、と言った。彼は頷いた。

「そうなんだ」と彼は言った。「僕はあなたが現実に見たかもしれないと思った」と彼はがっかりして付け加えた。彼はロケットに乗れるほど大きくなったら直ぐに、火星に住むつもりだ、と言った。良い計画のようね、と私は言った。

ロレンスがやって来て、ジェイクに自分の席に戻って座るように言った。

「それから、お母さんに違った食べ物が欲しいと言うのを止めなさい」と彼は言った。「僕たちはみんな同じものを食べるのだ」

ジェイクは直ぐに心配そうに見えた。

「でも、僕がそれを好きじゃなかったらどうするの?」彼は言った。

私はロレンスが懸命に我慢しようとしているのがわかった。彼の顔は煉瓦のように赤く、唇はぎゅっと結ばれていた。

「それなら食べるな」と彼は言った。「でも、お腹がすくよ」

エロイーズが戻って来て、座ってドレスをきちんと直した。彼女がテーブル越しに体を伸ばし、打ち明け話をするような囁き声で私に話しかけた。

「ロレンスがどんなに食べ物に関して支配権を持っているか気がつきました?」と彼女は言った。「彼は絶対フランス料理なの。先日私たちはレストランに行って、彼はアンジェリカにカタツムリを食べさせたのよ」

アンジェリカはロレンスの娘だった。

「可哀そうな子供は、火あぶりの刑のジャンヌ・ダルクのようだったわ」とエロイーズが言った。「ジェイキーとベンは目を丸くしていた。彼らは次は自分たちだと思っていたことがわかるでしょう。ジェイキーはお砂糖しか食べないの」と彼女は付け加えた。「それからベンは基本的に白くないものには手を付けない。彼らはその後何時間も彼女の傍には行こうとしなかった。彼らは彼女の息にカタツムリの臭いがすると言ったわ」

彼女はテーブルを見回し、それからさらに私の方に身をのり出した。

「彼は私が子供たちに好きなものを与えると、とても怒るのよ」と彼女はささやいた。「彼は子供たちがしつけられていないことにぞっとしているの。なにしろ、ジェイキーは眠れないの」と彼女は言った。「彼は一晩に四回か五回私たちの部屋に来るけれど、ロレンスは彼を私たちのベッドに入れようとしない。彼はそんなことは認めないのよ。要するに」と彼女は言った。「ジェイキーは前はいつも私のベッドに入っていた。そうすることで、彼はまた眠れたの。でも今は夜中に、私が彼と一緒に起きて、彼を下に連れて行かなければならないの」

私はそんな時間に二人は一緒に何をするのか、と尋ねた。

「私たちはテレビを見るわ」と彼女が言った。「要するに」と彼女はさら近くに身をのり出して、続けた。「スージーはとても有能だった。彼女は本から答えを見つけたのよ。彼らは書庫を持っていた。子供が何かする度に、彼女が行って答えを探す間、待っていなければならなかったのよ。その中のあるものは」と彼女は付け加えた。「実際まったくビクトリア時代のように厳格だったわ」

私はかつてスージーとロレンスの家を訪れて、三歳か四歳のアンジェリカが階段の下に一人で座っているのを見つけたことを思い出した。私が尋ねると、彼女はひどいお仕置きなの、と言った。私が去る時、彼女はまだそこにいた。

「あなた、私たちは子供たちを愛さなければならない、と私はロレンスに言うの」エロイーズの目は涙でいっぱいだった。「そうじゃない？　子供たちはただ愛してもらう必要があるのだわ」

私はわからない、と言った。ロレンスのような人にとっては、その種の愛は自己犠牲と区別がつかないのだった。

「人々は怖がっているのだと思う」とエロイーズは言った。「自分自身の子供たちを怖がっているのだわ」

もしそれが本当なら、彼らは自分の子供たちの中に自分自身の欠点や悪い行為に重なるものを見るからだ、と私は言った。

「あなたは怖くない？」と彼女は丸い輝く目で私を見て、言った。

私は、二人の息子たちと三人だけで家にいた数年前のある晩のことについて自分が彼女に話しているのに気づいた。それは冬だった。昼下がりから暗くなり、子供たちは落ち着かなくなっていた。彼らの父親は留守で、どこからか車で帰ってくることになっていた。私たちは彼が戻るのを待っていたのだった。私は部屋に漂う緊張感を覚えているが、それは暫定的な状況、私たちが待っていることと関係があるように思われた。子供たちは彼がいつ戻って来るかと何度も尋ね、私も時計を見続けて、時が経つのを待っていた。それでも、彼が戻って来ても、何も違った、特に重要なことは起こらないことはわかっていた。それは単に彼がいないことによって、何かが、何か信じることと関係のあるものが壊れるまで引き延ばされていたのだった。それはまるで私たち自身を、私たちの家と家族と私たちが誰であるかを信じる能力が、すり減らされてとても弱くなり、まったくなくなってしまうようだった。私は、押さえ込めもうとしている秘密のように、物事の表面の下の、結局彼は家庭を壊すだろうという差し迫った現実感を覚えていた。私はそこに、その部屋にいたくないことに気づいた。私は外に出て、暗闇の中の野原を歩くか、刺激と魅力のある街に行くか、あるいは強制的に待つことが鉛のように私の上にのしかかって来ないところにいたかった。私は自由になりたかった。子供たちは、彼らがよくするように、口論し、喧嘩をし始めた。固定された日常の習慣行為のように見える二人の兄弟の行動も簡単に壊れることがあり得た。いつでも終わり得る自分の結婚の形に似て、これもまた兄弟関係の無意味な形のように思われた。私たちは台所にいて、私は長い石のカウンターのところで子供たちのために食べるものを何か作っていた。子供たちは反対側の端にいて、腰掛に座っていた。下の息子が上の子に一緒に遊んで欲しいとうるさくせがみ、上の子はだんだんイライラしてきた。私がしていることを止めて、彼らの喧嘩の仲裁をしようとした時、上の息子が突然手で弟の頭を掴み、調理台に強くぶつけた。下の子は気を失って直ぐに床に倒れ、上の子は弟をそこに残して、部屋から走り出た。これまで家で起こったことのないような暴力の光景は、単に衝撃的であっただけではなかった――それは私がすでに知っているように思われることを具体化していた。子供たちは自分と夫の間の表面の下にある暴力と緊張を演じていたのだ。子供たちの暴力的な行動は、自分と夫の間の本当の状態を私に気づかせた。彼らの父親が家から出て行ったのは一年後だったが、もし結婚が終わった瞬間を特定しなければならないのなら、それはその時、彼が存在さえしなかった、台所での暗い晩だった。

　エロイーズは顔に同情的な表情を浮かべて、聴いていた。

「彼は大丈夫だったの？」と彼女は言った。「病院に彼を連れて行かなければならなかったの？」

彼はショックを受け、動転し、頭に大きなこぶができたが、病院に行く必要はなかった、と私は言った。

彼女は手を前に組み、下を見て、しばらく黙っていた。彼女は指にたくさんの優美な銀の指輪をはめていて、大きなまばゆい宝石は、ロレンスが婚約指輪として彼女に贈ったものだった。

「でも、あなたは後悔していないでしょう?」と彼女は言った。「それは正しかったに違いないわ。そうでなければ、あなたはそうしなかったでしょう」

私は自分のしたことが何であるかはっきりとはまだわからないので、それには答えられない、と言った。

彼女はいたずらっぽい微笑みを浮かべ、短いまつ毛の下から私をちらりと見た。彼女は独身の男性の友達の誰かを私に紹介するつもりだった、と言った。特に候補者が一人いた——彼はハンサムで、とても金持ちだった。彼はメイフェアにとても魅力的なフラットを持ち——彼は美術品の収集家だった——またコートダジュールにも家を持っていた。今は私たちの傍に座っていたロレンスは、低い声で言った。

「どうして君は女友達にフレディをいつも押し付けようとするの?」と彼は言った。「彼はまったく無作法な奴だ」

エロイーズは口をとがらせて少し鼻をならした。

「あのお金全部」と彼女は言った。「少なくともそれが正当な理由になるでしょう。とてももったいないと思うわ」

「誰もが君ほどお金に関心があるとはかぎらないよ」とロレンスは言った。

エロイーズはこの言葉に気分を害したようには見えなかった。それどころか、彼女は笑った。

「でも、私はお金に関心がなかったわ」と彼女は言った。「それが重要な点よ」

ロレンスはみんなにシュークリームの生地で作った小さい球で囲まれたフォアグラの小片を出していた。

「この中には何があるの?」とエロイーズの上の息子が指で一つ取り上げ、大声で言った。

「骨髄だ」とロレンスは大声で言い返した。

彼はますます料理に興味を持つようになった、と私に言った。そして庭でいろいろなものを育て始めさえした——滅多にない香草や秘密の野菜——そうしたものはこの辺りでは見つけるのが難しかった。この変化は、ある日彼がオフィスで座って、店で買ったサンドイッチを機械的に食べた後に起こり、彼はもっと良いものを食べられるのだということに気づいたのだった。それは約十八か月前のことだ、と彼は言った。それには興味深い結果が幾つかあるが、その一つは、彼が六か月かそこらもっと良い食事をした後で、彼は自分に無意味な食事は止めようと誓わせたまさにそのチーズサンドイッチを強烈に食べたいという願望を経験したことだった。彼はその頃までには自分の願望の微妙な衝動を読み取ることにとても慣れてきたので――彼が望むものが手に入らない時には、しばしばまったく何も食べなかった――彼は無意識にその衝動に従って行動し始め、それを彼の今やもっと洗練された食欲が見つけたと思われるある種のしゃれだと考えた。彼は同じ店に行って同じサンドイッチを買い、通りに出て、一口食べた時、突然感覚的な記憶で圧倒された。パンの麦芽で作られた味気なさ、プロセスチーズの強い味、レタスの断片を覆っているマヨネーズの濃さと白さの記憶に。僕の口には文字通り唾が出ていたのだ、とロレンスは言った。その時、彼はさらにサンドイッチにかみついて咬んで食べ、それを飲み込む記憶に入っていったが、するとぼんやりとした安堵の気持ちが一瞬彼の体に溢れるのを感じた。それから僕は全部包みに戻して、それをごみ箱に投げ入れた、とロレンスは言った。

その通りに立って彼が気づいたことは、自分が自分自身の願望を形作っている、考えて願望を利用している過程にあるということで、彼がこの昔の感覚的衝動を瞬間的に抱いた時に、彼はこの過程は結局は自制についてのものであることに気づいた。新しい食事計画を守るには自制しなければならなかった。言い換えれば、彼はプロセスチーズのサンドイッチを口に唾をためて盲目的に望んだと同じようには、燻製のカモの昼食を望まなかった。前者は無意識に、単なる繰り返しによって満足するので必要性に基づいているが、後者は意識的に対応しなければならなかった。彼はプロセスチーズよりも燻製のカモを好む人になろうと決心した。そう決心することによって、そうなったのだった。チーズサンドイッチが表わすものは満足で、そんな風に見ると、缶いっぱいの虫も悪くはなく、開けられた。

「少なくともあなたは虫を食べないでしょう」とエロイーズは献身的に小さい手を彼の大きな手に置いて、言った。

「あるいは、ともかくまだ食べてはいないでしょう」

「満足が大量生産されたサンドイッチに見つけられる世の中とはどんなものなのだろう？　それが自分に相応しいと思う自分はどんな人なのだろう？」とロレンスは言った。

彼は座って、まるで答えを求めるように部屋を、テーブルを、そしてそこに座っている人々を見回した。

彼はある時点まで自分の生活は好きなものより必要なものによって動かされてきて、そういう基盤から生活を問い始めると、すべてが揺らぎ崩壊するという結論に至った、と続けた。だが、すでに言ったように、好きだという問題はそれよりも複雑だった。人々は好きだから物事を必要とするとか、彼らが必要とするものは好きでもあると断言する。例えば、彼はスージーのもとを去った後で、非常に罪悪感を感じたので、時々彼はまるで彼女のところに戻れることを望んでいるように感じた。彼はスージーと一緒にいることに慣れていた。彼女がいなくなってしまうと、繰り返しのサイクルが壊されたので、彼は満たすことのできない必要性を抱いて取り残された。だが、彼は必要と呼ぶものは実際は違うもので、限りなく与えられるものを持ちたいという願望の問題であることに気づき始めた。より良いものを望むことは自制を必要とし、それを永久には持てず、たとえ持てたとしても十分にはちきれるほど持てたとは決して感じられない事実を受け入れる必要があった。必要なものより好きなものを望む願望は彼を孤立させ、かつて彼は非常にスージーと一体になりたいと思ったので、自分と彼女は別々の人間であることを忘れてしまうことがあった。

「あなた、食べて」とエロイーズは強く言った。「他の人はみんな食べ終わっているわ」ロレンスはフォークを取りあげ、フォアグラの一片を取って、ゆっくりと口に入れた。

「子供たちは元気かい?」と彼は私に言った。

家を改造している間、彼らは二週間父親と一緒にいる、と私は彼に話した。今はロンドンに引っ越したので、こうした訪問もできる、私は言った。

「やっと彼は責任を果たしたのか」とロレンスは厳格に言った。「エロイーズの前の夫も同じだ。彼らはどうして責任を逃れるのかわからない。彼らは男じゃない」とゆっくりとワインを飲みながら、彼は言った．「彼らは子供だ」

「それほど悪くはないわ」と彼の手を軽く叩いて、エロイーズは言った。

「君は一年しか経っていない」と彼は彼女に言った。「君のようではなくて」と彼は私に言った。

「あなたがしなければならなかった最悪のことは何?」とエロイーズは両手を胸のところで組んで、ほとんど興奮したように言った。

私はわからない、と言った——違ったことが違った理由で難しかった。子供たちのペットが立て続けに死んだ時があった、と私は彼らに話した。最初は猫で、それから子供たちが二人で飼っていたハムスター、それから死んだものの代わりに買ったハムスターが次々と死に、最後は庭の小屋に住んでいたモルモットで、私はシャベルで穴を掘らなければならず、その死体を藁にくるんで埋めた。私は何故だかわからないが、こうした死と死体の始末が一人で処理するには特に難しいことのように思われた。まるで家の中にある何かが、私がずっと否定するか追い払おうとしている何か空気のようなものがペットを殺したかのように思われた。予測できないやり方で起こる災いのように、と私は言った。長い間、私が自分をそこから自由にしようとする試みは、もっと複雑で重要で、失敗するように思われた。動物の死は、私の希望や幸せの死のようだった。それは運命のように思われた。ロレンスが願望と自制について言った言葉に欠けているのは、人々が運命と呼ぶ無力の要素だ、と私は言った。

「それは運命ではなかった」とロレンスが言った。「それは君が女性だったからだ」

エロイーズは急に大声で笑いだした。

「なんておかしなことを言うのでしょう！」と彼女は言った。

「そこでは何も良いことは君に起こらなかっただろう」とロレンスは落ち着いて続けた。

「二人の子供を連れた君一人では。彼は君を見捨てたのだ――それから子供たちも」と彼は付け加えた。「彼は君を罰したかったのだ。彼は君にそれを逃れさせようとしなかった」

それは復讐だった、とロレンスは言った。前にも言ったように、そういう人たちは子供なのだ。彼が自分とスージーは別々の人であることを時々忘れていると言う時、彼が言いたいのは、二人は別々であることに気づくことで、彼の彼女に対する怒りは消え、同時に彼女のもとを去ることが許されたということだった。彼は結婚していた時よりも離婚した時の方がもっとスージーを尊敬した。彼は彼女を自分の娘の母親として尊敬した。もし彼女が重大な局面に立たされたら、助けを求めて彼のところに来られることを彼女はわかっていたし、同じように彼女も彼を助けようとすることを彼はわかっていた。

「僕たちは上手く離婚した」と彼は言った。「それは僕たちが上手くやった初めてのことだ」

今、彼とスージーを見ると、何故二人の結婚が完全な失敗であったのか理解するのが難しかった。

「でも君に」と彼は私に言った。「君にこんなことが起こるなんて考えてもみなかった」

スージーと彼がダメになった時、そこに残ったのは彼らが実現することができなかったお互いの絆の中にある善意だった、と彼は続けた。君にとっては、その反対だった、と彼は私に言った。外からはよく見えたものが暴力と憎しみでいっぱいであることがわかった。そしてそのシナリオでは、女性であることは、丁度肉体的な争いにおいてと同じように、本来不利であった、と彼は言った。

「君のような人は」と彼は私に言った。「ある種の男性の作法を伴う女性であることを決して受け入れようとしないだろう。例えば、男性は女性を殴ってはならないことを知っている。そうした境界線がなかったら、君は本来無力なのだ」

私は彼が話しているような力を欲しいかどうかわからない、と言った。それは古い母親の力で、責任を逃れる力だった。私は何故起こったことに対する自分の責任を取らなくてもよいのかわからない、と言った。私は起こったことを、どんなにひどいことでも、—

―意識的にあるいは無意識に――自分が起こしたこと以外なものであると考えたことがなかった。それは私が女性であることを運命と取り換えられると見なす問題ではなかった。運命を受け入れるよりももっと重要なのは、その運命をどのように読み取るか、どのように起こったことの中に形を見つけ、その真実を検討するかを学ぶことだった。丁度話している時に聞くのが難しいように、正義や名誉や復讐のような個人的な概念は言うまでもなく、自分らしさを信じながら、そうすることは難しかった。私は聞くことによって、可能だと思っていた以上のことを見出した、と私は言った。

「でも、君は生きなければならない」とロレンスが言った。

生き方は一つであるとは限らない、と私は言った。私は最近家で荷造りしている時に、息子の古い日記を見つけた。彼は表に、読んだら責任を取れと、書いていた。

ロレンスは笑った。私たちが話している間に、エロイーズはそっとテーブルを離れ、私は彼の目が彼女が部屋を歩き回るのを追っているのを眺めていた。彼女は何かが入った鉢をテーブルのずっと端まで持って行った。

「ああ、なんてことだ」と彼は小声でつぶやいた。「彼女は子供たちにパスタを与えようとしている」

彼は椅子から立ち上がって、彼女の後を追い、彼女の肘を掴んで、耳元で何か言った。

「何故ロレンスは彼女にそうさせておかないの？」と豹柄の女性が私に言った。「彼らは彼女の子供でしょう」

私は向きを変えて彼女を見た。彼女は細長い頭と小さいとても丸い目をしていて、まるで人々が言ったりしたりすることに驚いたようにその目をよく見開いた。彼女の黒い髪の毛はヒョウ柄の紐でしっかりと束ねられていた。彼女は首飾りのようなネックレスに合わせたぶらぶら揺れる金色のインゴットのようなイヤリングを付けていた。彼女は手にワインのグラスを持ち、椅子にゆったりと座り、食べ物は手を付けずに皿の上に残されていた。彼女はシュークリームの生地で作った球をめちゃめちゃに潰し、その下にフォアグラを隠していた。

「ギャビー」とベルギットは厳しく言った。「彼は境界を作ろうとしているのだわ」

ギャビーは皿の散乱したものの中でフォークをぐるぐる回した。

「お子さんはいらっしゃるの？」と彼女は私に言った。「私は誰かに自分の子供の育て方に口を出して欲しくはないわ」彼女は濃く口紅を塗った口をすぼめて、フォークを裏返し、その裏で食べ物を潰した。「あなたは作家でしょう？」と彼女は言った。「ロレンスがあなたのことを話してくれたわ。私はあなたの本を一冊読んだことがあると思う。でも、何についてだか覚えていないわ」

彼女は非常にたくさんの本を読むので、読んだものが心の中で混ざり合ってぼやけてしまうことが多い、と言った。よく彼女は子供たちを学校に車で送り、それからベッドに戻って、本を読みながら一日中そこで過ごし、子供たちを迎えに行く時間になってやっと起きるのだった。彼女は一週間に六冊か七冊の本を読み終えることができた。時々彼女は本を半分まで読んで、突然それを前に読んだことを思い出すのだった。彼女がどんなに多くの本を読むかを考えれば、それは起こり得ることだったが、それでも、そのことに気づくのにどんなに時間がかかるかは、少し戸惑うことだった。彼女はそれが実際起こっているのに、まるで何かを回想するかのようなこの超現実的な感覚を抱き始めるのだったが、どういう訳か、それを本のせいにはしなかった。彼女はいつもこの既視感は自分自身の生活と関係があるのだと思った。また、別の時には、実際は本で読んだだけのことなのに、現実の生活で起こったかのようにそれを思い出した。彼女はあれやこれやの出来事が自分の記憶の中に存在すると断言することができたが、実際はそのことは彼女とは何の関係もなかった。

「あなたにそんなことが起こりますか?」と彼女は言った。

最悪なのはそれが引き起こす彼女と夫の口論だった。彼女は彼らが何処かに行ったり、何かをしたことを確信していたが、夫はまったくそれを否定するのだった。時々口論の後で、彼女はコーンウォールへの旅は現実ではなく、実際は本の中で起こったことに気づいたが、別の時には、彼がそれを認めようとしないので、ほとんど腹を立てるほど、彼女はあることを確信していた。例えば最近、彼らが前に飼っていたタフィーと言う名のスパニエルのことを彼女は話題にした。夫はタフィーの記憶はまったくないと主張した。その上、彼はタフィーをでっちあげたことで彼女を非難した。そのような犬は飼ったことがない、と彼は言った。最後には彼らは叫んだり、怒鳴ったりするはめになったが、彼女は何か証拠がなければならないことに気づき、家中をひっくり返して、タフィーが存在した証拠を探した。それには一晩中かかった――彼女は一つ残らず箱や引き出しや戸棚を徹底的に探した――その間彼はソファに座って、スコッチを飲み、彼女の嫌いな現代のジャズのコレクションを最大限の音量で聞いていて、彼女が部屋を通る度に、馬鹿にしたり、あざ笑ったりした。結局、二人とも怒りと疲労で横になった。子供たちは朝起きると、両親が服を着たまま居間の床で眠っているのを見つけ、家は泥棒に荒らされたように見えた。

彼女は肉付きの良い唇にワイングラスを持っていき、一口で飲み干した。

「何か見つけたの？」とベルギットは言った。「謎が解けたの？」

「私は写真を見つけたわ」とギャビーが言った。「最後の箱の中にとても可愛い小さい茶色のスパニエルの写真があったの。私はどんなにホッとしたかわからないわ。実際、自分の頭がおかしくなるのではないか、と私は思ったから」

「彼は何て言ったの?」とベルギットは言った。

ギャビーは陰気な小さい笑い声を立てた。

「彼は、ああ、君はティフィーのことを言っていたの、と言ったわ。君がティフィーのことを話しているのがわかっていれば、話はまったく別だよ。でもタフィーなんていなかった、と彼は言ったわ。重要なのは」と彼女は言った。「私はタフィーと呼んだ犬を知っていることだわ。私はその犬を知っているのよ」

赤いドレスを着た少女——ハリエッタ——が初めて口を開いた。

「どうして確信できるの?」と彼女は言った。

「私は確信しているわ」とギャビーは言った。「私はその犬を知っているのよ」

「でも、彼はその犬はティフィーという名前だと言っているのでしょう」とハリエッタは言った。

彼女の顔は、磁器の人形のように滑らかで丸くて白かった。彼女は十五か十六歳に違いなかったが、ぴったりとしたドレスを着てハイヒールを履いてはいたけれど、子供のように素朴に振る舞った。彼女は母親を見開いた瞬きしない目でじっと見た。彼女は激しい驚きの表情を浮かべていたが、それは決して変わらないように思われた。

「彼が間違っているのよ」とギャビーが言った。

「彼が嘘をついていると言うの？」とハリエッタは言った。

「私は彼が間違っていると言っているだけだわ」とギャビーは言った。「私は彼が嘘つきだとは言わないわ。あなたのお父さんを嘘つきだとは言わない」

エロイーズが戻って来て、私の向かい側の自分の席に座り、私たちを次々と見て、会話に入ろうとした。

「彼は私のお父さんではないわ」とハリエッタが言った。彼女は静かに真っすぐ座り、彼女の丸い人形のような目は瞬きしなかった。

「何ですって？」とギャビーは言った。

「彼は私のお父さんではないわ」とハリエッタは繰り返した。

ギャビーはあからさまにイライラしてエロイーズと私の方を向き、まるでハリエッタがそこに座って聞いていないかのように、ハリエッタが言ったことの詳細を話し始めた。少女は、前の関係――あるいは関係とさえ言えない、自分が二十代の前半に誰かと行った一夜限りの行為から生まれたものだった。その後彼女はジェミー――夫であり、他の二人の子供の父親――に会ったが、その時ハリエッタは生後ほんの数か月だった。

「だから彼は本当に彼女のお父さんなのよ」と彼女は言った。

ロレンスがメインの料理、それぞれの脚を結んだ一羽の小さい鳥を出した。

「これは何?」と彼女の料理が前に置かれた時にアンジェリカは尋ねた。

「ひよこだ」とロレンスが言った。

アンジェリカはきやっと悲鳴を上げた。ロレンスは手に皿を持って、こわばった態度を取った。

「テーブルを離れなさい」と彼は言った。

「あなた」とエロイーズが言った。「あなた、それは少し厳しいわ」

「テーブルを離れなさい」とロレンスが言った。

涙がアンジェリカの頬に流れ始めた。彼女は立ち上がった。

「彼が何処にいるか知っているの?」とエロイーズは顔を背けて言った。

「誰が何処に?」とギャビーは言った。

「父親よ」とエロイーズは低い声で言った。「あなたが一晩過ごした男性よ」

「彼はバースに住んでいるわ」ギャビーは言った。「彼は骨董品の販売者よ」

「バースは直ぐ近くだわ」とエロイーズは驚いて言った。

「彼は何という名前なの?」

「サム・マクドナルド」とギャビーは言った。

エロイーズの顔が輝いた。

「私はサムを知っているわ」と彼女は言った。「実際、数週間前に彼に偶然会ったのよ」

テーブルの反対側の端から叫び声が上がった。私たちが向きを変えて見ると、子供たちが次々とアンジェリカの傍で立ちあがり、全員が涙を流しながら、自分の皿の前に立っているのが見えた。彼らは列を作って立ち、口から言葉としてははっきり理解できない音を出し、それは混ざり合って一斉にわき上がる抗議の声になった。蝋燭が彼らの周りで炎を上げて燃え、彼らに赤とオレンジの光の縞を付け、彼らの髪や目を照らし、彼らの湿った頬の上でキラキラ光ったので、まるで彼らはほとんど燃えているように見えた。

「まあ大変だわ」とベルギットは言った。

一瞬、みんなは催眠術を掛けられたかのように、泣き、輝く子供たちの列をじっと見た。

「殉教者の小さい列だわ」とギャビーはおかしそうに言った。

「僕は諦めた」とロレンスは言って、どっしりと深く座った。

「あなた」とエロイーズは手を彼の手に置いて言った。「私に任せてちょうだい。そうしてくださる？　私に任せてくださる？」

ロレンスは諦めたように手を振り、エロイーズは立ち上がって、テーブルの端に行った。

「時には人間の願望は」と彼は言った。「十分ではない」

ハリエッタはまったく真っすぐに座って動かないままで、彼女の丸い目はじっと見つめ、燃えるベールのような赤い髪は彼女のむき出しの背中に広がっていた。

「何故私は彼に会ったことがないの？」と彼女は言った。

「誰に会った？」とギャビーは言った。

「私のお父さんよ。何故、彼に会ったことがないの？」

「彼はあなたのお父さんではないわ」とギャビーは言った。

「いいえ、彼はお父さんだわ」とハリエッタは言った。

「ジャミーがあなたのお父さんよ。彼があなたの面倒をみてくれる人だわ」

「何故私は彼に会ったことがないの？」とハリエッタは瞬きもせず言った。「何故私を彼に会いに連れて行ってくれなかったの？」

「何故なら、彼はあなたと何の関係もないから」とギャビーは言った。

「彼は私のお父さんだわ」とハリエッタは言った。

「彼はあなたのお父さんではない」とギャビーは言った。

「いいえ、彼は私のお父さんだわ」

涙がハリエッタの目からも流れ始めた。彼女は白い手を膝で組んで、まったくじっとしていたが、涙がずっと頬を流れ落ち、組んだ指に滴り落ちた。

「お父さんはあなたの面倒をみてくれる人よ」とギャビーは言った。「もう一人の人はあなたの面倒をみない。だから、あなたのお父さんではあり得ないわ」

「いいえ、彼はお父さんだわ」ハリエッタは泣きじゃくった。「お母さんは彼の名前さえ教えてくれなかった」

「彼が誰かはどうだっていいじゃない？」ギャビーは言った。「彼はあなたにとってどうでもよい人よ」

「彼は私のお父さんだわ」とハリエッタは繰り返した。

「彼はあなたの父親よ」とベルギットは言った。「彼はあなたの血のつながった父親だわ」

「お母さんは彼の名前さえ教えてくれなかった」とハリエッタは言った。

「あなた、ジェミーがあなたのお父さんだわ」とエロイーズは言った。「彼はあなたが小さい赤ちゃんの頃からあなたのことを知っているわ」

「いいえ」とハリエッタは首を振って言った。「いいえ、彼はお父さんではない」

「お父さんはあなたのことを知っている人よ」とエロイーズは言った。「あなたのことを知っていて、愛してくれる人よ」

「私は彼に会ったことさえない」とハリエッタは言った。「私は彼がどんな人であるかさえ知らないわ」

「彼はあなたのお父さんではないわ」とギャビーはきっぱり言った。彼女は勝ち誇り、紅潮して、ワイングラスを眺めながら座っていたが、ハリエッタは彼女の前で泣いていた。

誰も口を開かなかった。他の大人たちは困惑して、黙って座っていた。テーブルの周りでは涙が子供たちの顔を流れ落ちた。苦しみで動けなくなった赤い髪の少女はとても哀れだったので、私は無理にでも彼女に話しかけねばならないと思った。私の声を聞いて、彼女は少し頭を向けた。彼女の目は私の目を見つめていた。

「ええ」と彼女は答えた。「私は本当に彼に会いたい。彼は私に会いたいかしら？」

私はわからないと言った。彼女は眼差しを母親に戻した。

「彼は私に会いたい？」

「そう思うわ」とギャビーは苦々しく言った。「彼に聞いてみなければならないけれど」

私のバッグの中で電話が鳴っているのが聞こえたので、電話に出るために私は立ち上がった。最初、向こう側では誰も話さなかった。歩くような音とそれから遠くですさまじい音が聞こえた。誰なのか、と私は尋ねた。それから微かな泣きじゃくる声がした。誰なの、と私は言った。やっと下の息子が話し始めた。僕だよ、と彼は言った。彼は固定電話からかけていた――彼の携帯電話は電池が切れていた。彼と兄は喧嘩をしている、と彼は言った。彼らは一晩中喧嘩をしていて、止めることができないようだった。彼は腕じゅうに引っかき傷ができ、顔が切れていた。血が出ているよ、と彼は泣きじゃくり、何かが壊れた。お父さんは本当に怒るだろう、と彼は言った。彼らの父親はどこにいるのか、と私は尋ねた。わからない、と彼は泣き叫ぶように言った。でも、お父さんはここにはいないよ。遅いわ、もう寝なさい、と私は言った。また歩くような音がして、それから電話の声が途絶えた。私は子供たちが喧嘩しているのが聞こえた。彼らの叫び声やブウブウ言う声が遠くなり、それからまた近くなった。私は彼らのどちらかが電話を取るのを待っていた。私は受話器に向かって叱った。やっと上の息子の声がした。何？　と彼は元気なく言った。父親は何処にいるのか私が尋ねると、僕は知らない、と彼は言った。彼は一晩中ここにはいないよ。あなたの責任ではないけれど、もとの正常な状態にしなければいけないわ、と私は言った。彼もまた泣き始めた。私は長い間彼に話した。話し終えると、私はテーブルに戻った。子供たちと赤い髪の少女はいなくなっていた。ギャビーとベルギットは話をしていた。ロレンスは指をワイングラスの柄に置いて、何かに取りつかれたような表情で椅子に深く座っていた。蝋燭の何本かは消えていた。霧が窓に張り付いて、今はまったく不透明だった。私たちがどんなに必要でも、あるいは望んでも、私たちの誰もロレンスの家を去ることができないことにその時私は気づいた。

エロイーズは子供たちを寝かせている、とロレンスは私に言った。子供たちはみんな疲れ果てていた。多分彼らにもっと早く食事をさせて、テレビの前に座らせておくべきだった、と彼は言った。

「時々」と彼は言った。「僕はゆっくりと出血して死んでしまうように感じる」

エロイーズが戻って来て、彼の傍に座り、頭を彼の肩に置いた。

「可哀そうに」と彼女はロレンスに言った。「あなたはとてもよくやったわ」彼女は彼をちらりと見上げて、クスクス笑った。「でも、ある意味ではとてもおかしかった」と彼女は言った。「よく育てられた子供たちがみんな、ひな鳥を前にしてヒステリー状態になるなんて」

ロレンスは口をすぼめて微笑んだ。

「あなた、あなたも明日になればおかしいと思うでしょう」と彼女は彼の腕をこすりながら言った。「本当にそうなるでしょう」

彼女はあくびをして、その週末あとは何をするか私に尋ねた。私は明日の夜オペラに行くと言った。

「誰と?」と彼女は目を輝かせ、少しきちんと座って言った。彼女は私の顔を注意深く見て、さらにもっと座りなおした。「ロレンス、見て!」と彼女は私を指さして言った。

「何だい?」とロレンスは言った。

「彼女の顔を見て——彼女は顔を赤らめているわ！　私は彼女が顔を赤らめたのを前に見たことがない。あなたは？　それは誰？」と彼女はテーブル越しに身をのり出して、言った。「私は知らなければ」

私はただ前に会った人だ、と言った。

「でも、どのように？」エロイーズは我慢できないようにテーブルの上を叩いて、言った。「どのようにして彼に会ったの？」

通りで会った、と私は言った。

「あなたはその人を通りで見つけたの？」とエロイーズは信じられないように言った。彼女は笑い始めた。「話して」と彼女は言った。「私はすべてを知りたいわ」

私はまだ話すことは何もない、と言った。

「彼はお金持ち？」とエロイーズはささやいた。

ロレンスは小さな点のような黒い目で私を見ていた。

「いいね」彼は言った。「それは本当にいいね」

私はそれが可能かどうかさえわからない、と言った。

「君は子供たちのことを忘れなければならない」とロレンスは言った。「少なくともしばらくは」

「彼女は子供たちのことを忘れられないわ」とエロイーズ言った。

「彼らは君の精力を吸い取るだろう。彼らはそうせざるをえないのだ。彼らは何も残らないまですべてを取るだろう」

エロイーズに関してそのことを見てきた、と彼は続けた。彼が彼女に会った時、彼女は肉体的にも精神的にもぼろぼろになった人で、ひどく痩せて、極度の疲労と金銭的な不安で苦しんでいた。実際、もし一度も彼女の母親が子供たちの面倒をみてくれなかったら、彼は彼女にまったく会わなかっただろうが、エロイーズの母親は海外に住み、率直に言って母親でいることをまったく望まず、彼女が訪れる時には子供たちと取り残されるのを嫌がったので、それは滅多にない出来事だった。

「あなた」とエロイーズは彼の腕に手を置いて言った。「あなた、止めて」

――彼女は祖母であることは言うまでもなく、母親であることを望まなかった、とロレンスは続けた。だが、どういう訳か、エロイーズはパーティーに行けるように、その晩数時間子供たちの面倒を見てくれるように母親を説得したのだった。エロイーズは友達の仲間の間ではある種の有名な幻だった。ロレンスは彼女の噂はよく聞いたが、決して会うことはなかった。彼は何度もエロイーズがあれやこれやの社交的な行事にいるだろうと聞いたが、彼女は一度も現れなかった。彼の好奇心をかき立てたのは、皮肉にもスージーだった――彼女はエロイーズが学校の門のところで近寄って来て声をかけ、自分の子供を連れて彼らの家のすぐ前を車で通るので、アンジェリカの学校への送り迎えをすることを申し出た、とある日言った。スージーはそれを不可解な申し出だと思った――何故エロイーズは彼女が自分の子供を学校に連れて行くのに助けが必要だと思うのだろうか？　彼女はエロイーズのことをよく知りさえしなかった。スージーは彼女が安全で有能な運転手かどうかわからなかった。ロレンスはそれは明らかに親切心からであると指摘しようとしたが、それ以後、スージーはエロイーズを怪しい人物であると思った。

ロレンスは指先をワイングラスの柄に置き、蝋燭の光の中でそれを回した。

運命は自然な状態で唯一の真実だ、と彼は言った。物事を運命に任せれば、長い時間がかかるが、その過程は正確でどうしても変えられない、と彼は言った。ロレンスがエロイーズに会うのに、スージーとのその会話から二年かかった。その間、彼はアンジェリカを学校に送り迎えしようという彼女の申し出についてしばしば考え、そのことを様々な観点から見て、スージーのこともその観点から見た。それは闇の中を通り抜ける旅人が用いる星のような固定した点だった。実際エロイーズに会う時までに、ロレンスはスージーと自分自身についてじっくり理解するようになっていた。彼らは試しに別々に暮らすことについて、また結婚相談員に会うことをすでに話し合っていた。スージーは――彼女は自分の人生が運命によって支配されることを、自分でコントロールできないことが起こることを受け入れなかった。彼女は人生を人々が自分に不利なように行う企みか、自分自身が行う計画であると考えた――振り返って、こうした出来事から違う話を、エロイーズが意図的に悪意を持って彼女とロレンスの生活に巧みに入り込み、彼女をロレンスから引き離すことを企てているという話を作り上げ、自分自身にも彼らの友達にもその話をした。だが、ロレンスはその固定した点に導かれて、混乱の中をしっかりと進んで行った。彼はエロイーズについて彼女がいることが教えてくれるよりもいないことの方から多くのことを学んだ、と思った。彼が彼女を最初に愛し、まだ愛していることは、まさにこの不在によるもので、その謎と触れることができないことが、彼自身の人生の現実をよく考えさせた。

エロイーズが社交的な行事に現れない――彼女は出席するつもりで、あるいはそこにいるだろうと言った時でさえ――理由は明らかに離れられないと思う子供たちのためだった、と彼は続けた。彼らの父親――前の夫――は、結婚が終わると、子供たちへの責任をすべて放棄した。彼らが苦しむのを見ることはほとんど彼に喜びを与えたが、それは一つには彼らの苦しみが彼自身の苦しみを誇張するからであり――いじめる者がその被害者の中に自分自身の恐れを見ることを楽しむように――そしてまた一つには、それがエロイーズを罰する絶対確実な手段だったからだった。エロイーズが子供たちを彼に預けると、いつも何か災いが起こるのだった。子供たちは、お互いに傷つけあったり、見捨てられたり、放っておかれたり、奇妙な不適切な場所に連れて行かれたり、あるいは知らない人と一緒に置き去りにされた話を持って戻って来るのだった。彼はこうした行為にまったく無慈悲で、子供たちにかかる費用には一ペニーも出すことを拒否した。エロイーズ自身がとてもお金に困っていたが、彼らが食べ物を買う場合に備えて、お金を持たせて子供たちを父親のところに送らなければならず、節約できるからと言って、彼女が調理した料理を持たせさえした。クリスマスには、父親から子供たちへのプレゼントを彼女が買い包装して届けた。

「君はまだやっている」と彼はエロイーズを見て言った。「君はあのろくでなしをまだ支えている」

「あなた」と彼女が言った。「お願い」

「君は彼に不利な言葉は聞こうとしない」とロレンスは言った。「言うまでもなく、彼に耐えている」

エロイーズは訴えるような表情を浮かべた。

「何が問題なの?」と彼女は言った。

「彼に責任を逃れさせるべきじゃない」とロレンスは言った。「君は彼と立ち向かうべきだ」

「でも、何が問題なの？」とエロイーズは言った。

「君は彼と立ち向かうべきだ」とロレンスは繰り返した。「彼を支え、彼をかばうために昼も夜もくたくたになるまで働く代わりに。子供たちは真実を知るべきだ」と彼はゆっくりとワインを飲みながら言った。

「でも、子供たちは父親がいることを知っている必要があるわ」とエロイーズは泣きそうになって言った。「それが見せかけでも、そんなことどうでもいいじゃない？」

「彼らは真実を知るべきだ」とロレンスは言った。

涙がエロイーズの頬を流れ始めた。

「私は子供たちに幸せでいて欲しいだけよ」と彼女は言った。「他のことはどうでもいいじゃない？」

彼ら二人は、炎が消えかけている蝋燭の光の中で並んでそこに座っていた。エロイーズは顔を上げ、目を輝かせて、口は奇妙な歪んだ微笑みを浮かべて開き、涙を流していた。ギャビーは横目で彼女を見て、それからまた素早く自分の皿を見つめ、目を見開いていた。ロレンスはエロイーズの手を取り、そして、彼女はまだ泣きながら彼の手をしっかりと掴んだが、彼はぼんやりと部屋の遠くを見ていた。ほの暗い中の白い姿のベルギットは、身をのり出して、手をエロイーズの肩に置いた。彼女が話した時、彼女の声は驚くほどよく響き、みんなを元気づけるようだった。

「私たちみんな寝る時間だと思うわ」と彼女は言った。

朝私が起きると、まだ暗かった。階下にはディナーの残骸がテーブルの上にそのまま残っていた。溶けた蝋燭は無秩序に広がった形に固まっていた。しわくちゃになったナプキンが汚れたグラスやナイフやフォークの間に散らばっていた。ジェイクの本が椅子の上に開かれて置かれていた。私は彼が見せてくれた写真、しなびた惑星の表面のはっきりしない隆起した下り勾配を見た。部屋のずっと端で、半分開いた扉の向こうから青い光が明滅していた。私はテレビの微かな音を聞き、人影が少しの間移動するのを見た。私はエロイーズのシルエットに気づき、彼女の薄いナイトガウンと素早く動くむき出しの足をちらりと見た。窓から暗闇とほとんど見分けがつかない奇妙なよく見えない光が昇っていた。私は自分の心のずっと奥深くである種の変化が、地面の表面の深いところのプレートがやみくもに動くように、起こっているのを感じた。それはほとんど感知できず、それが何なのかははっきりとはわからなかった。私は自分のバッグと車の鍵を見つけて、静かに家から出た。

訳者あとがき

本書はレイチェル・カスク（Rachel Cusk）の初版が二〇一六年に出版された *Transit*（Vintage、2017）の全訳である。

カスクは一九六七年にカナダのサスカチュアンで生まれ、幼少期をロサンゼルスで過ごし、一九七四年に英国に移った。彼女はオックスフォードのニュー・カレッジで英文学を専攻した。現在は画家のシーモン・スキャメル＝カーツと結婚して、二人の娘と共にロンドンとノーフォークで暮らしている。これ以前に彼女は写真家のエイドリアン・クラークと結婚したが、二〇一一年に離婚した。この離婚がその後の彼女の作品の主なテーマになった。

彼女は十の小説と三作のノンフィクションを出版しているが、二〇〇三年に雑誌『グランタ』により二十人の優秀な若手英国作家の一人に選ばれた。最新の三部作の第一作『愛し続けられない人々』はゴールドスミス賞、フォリオ賞、ベイリーズ賞の候補になり、『ニューヨーク・タイムズ』紙の二〇一五の刊行書籍のうち、優秀十作の一つに選出された。また、同年、彼女はエウリピデスの『メディア』を戯曲化して、アルメイダ劇場で上演され、スーザン・スミス・ブラックバーン賞の候補になった。

『ロンドンの片隅で、一人の作家が』はフェイを語り手とする三部作の第二作である。第一作の『愛し続けられない人々』により、読者はフェイが離婚して二人の息子を持つ作家であることを知っている。この作品も第一作と同様にフェイと様々な人々の会話から成り立っているが、前作においてよりも、彼女は自分の行動や気持ちを語る。

カスクは「自伝はすべての芸術の唯一の形式にますますなりつつある」と『ガーディアン』紙で語っている。フェイは文学の催しに参加するが、他の二人の参加者、ジュリアンとルイスは自伝を書く作家である。ジュリアンは継父や母親に虐げられた子供時代について語り、ルイスは日常生活のこまごまとしたことを書くことやトラウマとなった五歳の時に触れ合い動物園に行った話などをする。フェイは書いてきたものを読んだとしか語らず、彼女が何を話したかはわからない。だが、催しが終わった後、司会者が彼女に好きなのはジュリアンか彼の本かと尋ねると、「私に関する限り、二つは同じものである」と答える。言い換えれば、フェイの書く本と彼女は同じものであり、彼女はカスクの分身だと言えるのではないだろうか。

『ロンドンの片隅で、一人の作家が』では、友達に会ったり、自宅でまた外で学生を教えたり、美容院に行って白髪を染めたり、文学の催しに参加したり、デートをしたり、従兄弟のパーティーに行ったりするフェイの日常生活とそこで交わされる様々な人々との会話が描かれている。

フェイはロンドンの良い地域にあるが誰も手を付けようとしない荒廃した家を買う。荒廃した家が象徴するかのように、最初彼女は離婚で家庭を失いひどく傷ついた受け身の女性として登場する。十五年前に結婚するために捨てた、同棲していたジェラルドに偶然会うが、彼女が抱くのは罪の意識である。何故なら、彼のもとを去った原因の結婚それ自体が失敗してしまったからである。文学の催しで、ホテルまで司会者が彼女を送るが、別れ際に彼はフェイにキスをする。それは強引というよりもしつこいもので、何の説明も愛情の行為もなかったが、彼女はそれを拒否せず、受動的に受け入れる。

フェイは家を改築しようと決め、二人の息子をもとの夫、彼らの父親に預ける。喧嘩して止めることができない時など、子供たちは困った時に彼女に電話してくる。そんな時は、いつも父親は不在である。このことから、父親は子供の面倒を見ていないことがわかり、結婚生活が何故終わったかを暗示している。

フェイの家はアルメニアからの移民のトニーとポーランドからの移民のパベルによって改築されるが、彼女を自己主張する女性へと変えるきっかけとなったのは、この改築と地下のフラットに長年住む六十代後半の夫婦、特に妻のポーラである。彼女は上から聞こえるわずかの音にも天井を箒の柄で叩くことによって反応し、不満を表すが、改築が始まると、彼女の憎しみは増し、フェイの悪口を近所に言いふらす。こうした状況に対するフェイの怒りが彼女を変えていくと言えるだろう。

フェイが自分の気持ちを話すのは、共通の友達から彼女の電話番号を聞いてデートに誘った男性に対してである。一年前に車の鍵を失くしてしまったために、路上に一人取り残され、レッカー車を待っていた彼女に、近くのカフェにいた友人がもう一人の男性と共に話しに来るが、この時、彼女はもう一人の男性を意識していた。男性の方でも彼女に会いたくて、何度も共通の友人から彼女の電話番号を聞こうとするが、なかなか教えてもらえず、やっと彼女の電話番号を教えてもらい、二人は会うことになったのである。

このデートで、フェイは最初から率直に自分の気持ちを伝える。彼の調子はどうかという問いに、思っていることを全部言えないほど疲れていると彼女は答え、家が改築中であり、階下の彼女に憎しみを抱く、子供たちが巨人と呼ぶ隣人についても話す。彼女は「物事をありのままに見ることを学べるのは、絶対的な受動性によってだけであると信じてきたが、自分の家を改築することで混乱を起こそうという決心は、まるで寝ている動物を混乱されるかのように、違った現実を目覚めさせた。私は実際怒り始めた。私は力を望み始めた……私は受動性を捨て、行動しようと思った」と彼に語る。

最後の章で、従兄弟のロレンスのパーティーの翌朝、フェイは目覚め、新しい日が始まるが、新しい日はしばしば再生を意味する。彼女は起き上がり、さようならも言わずに立ち去るが、それはまるですべてを後に残していくようである。彼女は失敗した自分の結婚を思い出させるロレンスと妻のエロイーズの家庭生活の一部にはなりたくない。彼女は心の奥深くで変化が起こっているのを感じる。それはほとんど感知できず、それが何なのかはわからない。彼女はそれを地球のプレートの動きと比較する。このようなプレートは絶えず動いて、時には地震を起こす。地上は静かなままかもしれないし、大災害を起こすかもしれない。同じことが彼女の人生についても言える。だが、プレートは静かであっても、結局は動いて、変化を起こす。この物語は大きな希望を読者に与えて終わる。

この作品を紹介し、英文の解釈に関して助言してくださったフィリップ・クレイナー氏に感謝する。本書を出版するにあたって全面的にお世話になった図書新聞の井出彰氏にもお礼を申し上げたい。

二〇二〇年十月

榎本義子

榎本義子（えのもと・よしこ）
1942年神奈川県生まれ。早稲田大学文学部卒業。ニューヨーク市立ブルックリン・カレッジ修士課程修了。フェリス女学院大学名誉教授。
著書に『女の東と西――日英女性作家の比較研究」（南雲堂）、『比較文学の世界』（南雲堂、共編著）、『ペンをとる女性たち』（翰林書房、共著）他。
訳書にA・カーター『花火――九つの冒瀆的な物語』（アイシーメディックス）、『ミスZ――オウムさがしの旅』『ホフマン博士の地獄の欲望装置』、R・カスク『愛し続けられない人々』（いずれも、図書新聞）、『キダー公式書簡集』（フェリス女学院）、『キダー書簡集』（教文館、共訳）他。

レイチェル・カスク著
榎本義子訳
『ロンドンの片隅で、一人の作家が』

2020年10月30日　初版第1刷発行

著　者　レイチェル・カスク
訳　者　榎本義子
編集者　井出彰
カバー　東海林ユキエ・砂絵工房
発行者　西巻幸作
発行所　株式会社 図書新聞
〒101-0051　東京都千代田区神田神保町2-20
TEL 03(3234)3471　FAX 03(6673)4169

ISBN978-4-88611-480-8　C0097